Admirável MUNDO Velho!

Admirável MUNDO Velho!

Alberto Villas

EDITORA GLOBO

Este livro é dedicado a todos aqueles que um dia acordaram com a macaca, que choraram as pitangas, que não entregaram a rapadura, que fizeram das tripas coração, que fundiram a cuca, que não deixaram a vaca ir pro brejo, que ficaram numa sinuca de bico, que um dia se estreparam, que jogaram aquele plá, que subiram nas tamancas, que ficaram em maus lençóis e que puseram as barbas de molho.

É dedicado também a Ana Paula Franzoia, Maria Clara e Marília Villas, pela paciência que sempre têm comigo quando ponho a memória para funcionar.

"Saudade é como um pouco de fome:
só passa quando se come a presença"

Clarice Lispector

SUMÁRIO

...E O MUNDO NÃO ACABOU!

Objetos sim, objetos não. Programas de televisão saíram do ar, biscoitos finos sumiram das prateleiras dos armazéns, brinquedos deixaram de ser fabricados, roupas caíram de moda. A máquina de escrever, o filme da máquina de fotografar, a lata do doce quatro em um. Mas palavras, expressões, se não sumiram ficaram paradas no ar, como aquele grito. Os meninos faziam o curso científico, as meninas o normal. Alguns ficavam de segunda época, outros passavam raspando. Os meninos ficavam gamados nas meninas e elas caidinhas por aquele pão. Claro que havia alguns muito mascarados, como havia aquelas metidas, prafrentex, da pá virada, um violão! Ninguém usava camisa-de-vênus e no dia do casamento elas usavam a camisola do dia. Se exageravam, ouviam um tal de o que é que vão pensar de você? Mesmo assim, botavam pra quebrar. Usavam bobs, pintavam os olhos, embora as mães sempre empombassem. As pessoas metiam o nariz onde não eram chamadas e comiam mamão-da-amazônia. De manhã falavam bença pai, bença mãe e, crescidinhos, ouviam das tias um "benzadeus"! Muitas vezes quando a coisa apertava exclamavam: "Tô frito!"

Mas isso são outros quinhentos! Agora chega de lero-lero! Este livro não pode passar em brancas nuvens.

1

ACHEI O FILME UM ABACAXI

Maria Julieta Drummond de Andrade era filha única de Carlos, aquele que foi ser gauche na vida. A garota foi a paixão do pai a vida inteira. E vice-versa. Andava com ele de mãos dadas pelas ruas de uma cidade maravilhosa onde não havia balas perdidas, todas estavam cuidadosamente arrumadas na vitrine da Confeitaria Colombo, em Copacabana. Ela de vestido de organdi, meias brancas e sapatinho de camurça. Ele, de terno e gravata, meias e sapatos pretos e chapéu na cabeça. Um clássico!

No verão de 1941, Maria Julieta foi passar as férias em Belo Horizonte. Como toda garota da época começou a registrar em um diário suas emoções de adolescente. Recortava as meninas da revista *Fon-Fon*, os brotinhos da *O Cruzeiro*, as boas ideias da *Vamos Ler* e colava tudo num caderno cuja capa imitava mármore de Carrara. Ali anotava cada passo que dava. Os picolés que o pai comprava sem medo da dor de garganta, as madeleines quentinhas saindo do forno sem temor da dor de barriga. Maria Julieta confessava e comungava toda semana. Fazia questão de registrar também as guloseimas que comia, as peças de teatro a que assistia, os filmes que via, os livros em francês que lia.

A menina não deixava escapar nada. As cartas que escrevia para a família, a emoção de folhear o primeiro número da *Seleções* em português, o prazer de saborear croquetinhos de legumes e de chupar uma bala chamada Beijinho. No caminho tinha pedras é claro, mas até mesmo as pedras que tinha no caminho ela fazia questão de registrar sonhando em ultrapassá-las. As brigas entre os tios, a dor de cabeça, as cólicas, a indigestão. Aquelas férias mineiras de Maria Julieta foram mesmo inesquecíveis.

Apaixonada por cinema, fazia listas dos filmes que via e sempre escrevia uma pequena crítica sobre cada um: "Assisti com Tita ao filme *Sangue e areia*, no Floresta. Não gostei muito, porque achei longo demais, sem necessidade".

Mas foi no décimo primeiro dia daquelas férias do inesquecível verão de 41, uma quarta-feira, que ao chegar em casa Maria Julieta abriu o diário e escreveu: "À noite fui assistir ao filme *Valente de ocasião*. Um abacaxi!"

2

VAMOS CHAMAR A RADIOPATRULHA

Ladrões, havia sim. Roubavam galinhas para matar a fome, bacias de alumínio esquecidas no quintal, tijolos nas construções. Eram ladrões pés-de-chinelo, que gostavam muito era de roubar calça americana secando no varal. Minha mãe nunca deixava uma calça Lee passar a noite dependurada naquele fio de arame. Mesmo úmidas, eram recolhidas no final da tarde porque, esquecidas ali, bye bye.

Constatado o furto não havia muito essa coisa de chamar a perícia técnica para tirar impressões digitais. As marcas do roubo ficavam geralmente no muro da casa que eles saltavam com a astúcia de um gato. Eram manchas de terra vermelha deixadas pelos pés descalços. Os ladrões pés-de-chinelo não usavam sapatos.

Havia também ladrões de frutas. Na calada da noite subiam nos muros para roubar cachos inteiros de banana-prata que começavam a amadurecer. Roubavam jabuticabas nos troncos, uvas nas parreiras, mangas de todos os tipos: rosa, espada, ubá, háden. Não era fácil pegar esses ladrões em flagrante porque eram meio invisíveis e ariscos feito preás.

Mas quando o roubo era para valer só tinha uma solução: chamar a radiopatrulha! A radiopatrulha era um fusca preto e branco, uma luz vermelha piscando no teto e dois soldados dentro. Era só chamar que em poucos minutos lá estava o fusquinha com os dois soldados, que desciam rapidamente daquele carrinho, muitas vezes já com o cassetete na mão procurando o elemento.

No final de julho de 1960, ao voltarmos das férias do meio do ano, foi preciso o meu pai chamar a radiopatrulha. Quando chegamos em frente de casa, depois de um mês no Rio de Janeiro, um susto: a luz da sala estava acesa.

– Entrou ladrão!

Minha mãe gritou, acordando os cinco filhos que ainda dormiam na parte de trás do automóvel. Imediatamente o meu pai bateu na casa de seu Elói, que morava ao lado, e pediu para usar o telefone para chamar a radiopatrulha. Ela chegou em pouco mais de dez minutos. Os dois soldados pegaram a chave nas mãos da minha mãe e entraram bravamente na casa, arma em punho, vasculhando cômodo por cômodo. Não havia absolutamente nada fora do lugar.

– A senhora deve ter esquecido a luz acesa! –, disse um dos soldados para minha mãe, que colocou a mão na cabeça imaginando a conta que chegaria no fim do mês.

3

NÃO ESTOU MAIS EM IDADE DE SUSTENTAR NENHUM MARMANJO

Na sua juventude, o paraense Jayme Ovalle se apaixonou por um manequim na vitrine de uma loja na rua Gonçalves Dias, no cento do Rio de Janeiro. Paixão mesmo, verdadeira. A história foi contada por Humberto Werneck no livro O *anjo sujo* e quem confirmou foi Dante Milano, que se inspirou nessa aventura de Ovalle para escrever o conto "O Manequim".

Mas isso não foi nada.

Um dia, Ovalle se apaixonou por uma pomba. Uma singela pombinha que todas as manhãs pousava no peitoral da janela do seu quarto e entrava sem cerimônia para comer o alpiste deixado ali pelo compositor de *Azulão*. O funcionário público e escritor sem obra era capaz de cancelar todos os compromissos da parte da manhã porque sabia que religiosamente a pombinha ia visitá-lo, fizesse sol ou chuva, calor ou frio. Não ia dispensar o alpiste nem mesmo as iguarias que o compositor reservava a ela.

Mas eis que um dia a formosa ave chega toda serelepe acompanhada de nada mais, nada menos, que um pombo. Sim, um vistoso pombo, bem macho, desses galanteadores que ficam rondando as fêmeas, salientando o brilho de suas penas no pescoço cheio de prosa.

Jaime Ovalle não acreditou no que viu e quase morre de desgosto com aquela traição explícita e inexplicável.

Ao encontrar com o produtor musical Aloysio de Oliveira, foi com ele que Ovalle desabafou, se mordendo de ciúme:

– Eu não estou mais em idade de sustentar nenhum marmanjo!

4

VOU RECEBER O MEU ORDENADO

O meu pai era meteorologista, funcionário público e durante toda a sua vida homem de um emprego só. Fizesse chuva, fizesse sol, todo primeiro dia útil do mês ele ia até a agência central do Banco do Brasil para receber o seu ordenado. Entrava na fila já com o cheque preenchido no valor quase total do que recebia todos os meses. Os quebrados, ele deixava lá. Quando começou a trabalhar, ainda jovem, era um cheque simples do Banco do Brasil, mas muitos anos depois, bem perto da aposentadoria, ele ganhou um cheque ouro e ficou todo orgulhoso.

O meu pai usava calças largas de tropical inglês e com bolsos grandes, o suficiente para caber em apenas um deles todo o seu ordenado. O caixa se espantava com aquele cheque alto e sempre alertava o meu pai para os assaltos, mas ele nunca teve medo e nunca foi assaltado. Depois de conferir nota por nota, o meu pai pegava o seu ordenado, um chumaço seguro por dois elásticos que em Minas chamam de gominha.

Enfiava aquele volume no bolso e ia para o trabalho. O ordenado dele só chegava na minha casa à noite, seis e pouco, quando ele abria a porta e a gente percebia logo aquele monte de notas no seu bolso. Depois do jantar, o meu pai chamava a minha mãe, que vinha com os envelopes na mão. Os envelopes eram de papel-pardo e com etiquetas feitas a normógrafo: supermercado, feira, empregada, colégios, luz, água, telefone, mesadas filhos, prestação Lojas Floriano Nogueira da Gama, diversos. O meu pai ia cuidadosamente separando cada valor e colocando dentro dos respectivos envelopes.

Os cálculos dele eram quase perfeitos, porque sempre sobrava um pouquinho dentro de cada envelope no fim do mês, nunca faltou dinheiro na minha casa antes de acabar o mês. Se faltasse um dia, não sei como o meu pai faria. Talvez soltasse um cheque ouro do Banco do Brasil, que virou a coqueluche do momento.

5

QUANTAS NOTAS VERMELHAS VOCÊ TIROU?

Nós tínhamos pavor quando o diretor do Colégio Arnaldo entrava na sala de aula toda primeira sexta-feira do mês com aquele calhamaço de boletins cor-de-rosa na mão. Ficávamos de pé imediatamente em respeito àquela autoridade. Era chegada a hora de distribuir cada boletim com as notas do mês e, o que era pior, em ordem decrescente. Marcos era sempre o último e Salim sempre o primeiro.

– Em quadragésimo segundo lugar... –, quando o diretor anunciava o último lugar, Marcos, que sentava na última fileira, fechava os ouvidos porque sabia que seu nome seria dito em alto e bom som. Mas ele não ligava nem um pouco, já estava acostumado e acreditava mesmo que se tratava de uma tradição.
E o diretor continuava:

– Quadragésimo primeiro...

– Quadragésimo...

– Trigésimo nono...

E assim éramos torturados até chegar a vez de anunciar o mais brilhante da turma.

– E em primeiro lugar...

A sala inteira gritava em coro:

– Salim!

E não dava outra.

Salim sentava na primeira fila e usava uma camisa branca de tafetá sempre abotoada até o último botão, que quase o enforcava. Levava todos os dias para o colégio seu guarda-chuva, fizesse tempo bom ou tempo instável sujeito a trovoadas. A brincadeira na hora do intervalo era esconder o guarda-chuva do Salim, o que o deixava furioso.

Era também no intervalo que comparávamos as notas. Acima de 5 vinham escritas em azul e os fracassos, abaixo de 5, em vermelho.

Eu era um desastre em Matemática e Salim um espetáculo. Pensando bem, Salim era um espetáculo de cabo a rabo: Língua Pátria, Matemática, História, Geografia, Inglês, Educação Física, Desenho, até em Canto Orfeônico era ele quem dava o tom.

O que mais se ouvia no recreio era o seguinte:

– Quantas notas vermelhas você tirou?

Uma pergunta que Salim nunca ouviu.

6

QUERO UMA LIGAÇÃO PRO RIO

Quem tinha telefone era apenas um e ele ficava na sala de visitas. Preto, pesado e com um disco que ia de zero a nove. Quando tirávamos aquele peso do gancho, muitas vezes ele continuava mudo, custava a dar sinal, custava a fazer aquele teeemmmmmm prolongado, anunciando que poderíamos discar o número desejado.

Para fazer uma ligação interurbana, a história era outra. Era preciso ligar para a telefonista e pedir uma ligação. O meu pai vivia fazendo ligações interurbanas e toda vez que isso acontecia era uma tormenta na minha casa.

– Eu quero uma ligação pro Rio!

Quando ouvíamos essa frase era sinônimo que passaríamos um bom tempo em silêncio absoluto. As ligações interurbanas eram complicadas, demoravam muito e, quando saíam, ouvia-se muito pouco e de muito longe. Muitas vezes o meu pai ficava furioso quando a resposta era:

– Tem uma demora de duas horas.

Durante essas duas horas, o clima era de tensão total na minha casa. E quando o telefone tocava era um deus-nos-acuda.

– Silêncio porque é interurbano! –, dizia minha mãe, aflita, com medo que um dos filhos tivesse um acesso de tosse ou de riso exatamente naquele momento. E o silêncio instaurava-se naquela casa.

– Alôoooooo! –, gritava o meu pai para se fazer entender. Do outro lado da linha, Álvaro Faciotti Macedo respondia em alto e bom som. E a conversa seguia aos berros.

– Manda o pluviômetro!

– Como?

– Barômetro, não! Manda o pluviômetro!

Aquela linguagem meteorológica se estendia por alguns poucos minutos porque uma ligação interurbana era cara, muito cara. Terminada a conversa, o meu pai suava e a minha mãe sempre fazia um comentário baixinho.

– Essa ligação vai custar os olhos da cara!

7

ESSA É A RASPA DO TACHO

Assim que Fidel Castro tomou o poder em Cuba no finalzinho dos anos 50, um boato começou a correr nas ruas de Belo Horizonte. O comunismo estava se alastrando pela América do Sul e logo, logo, se a tradição, família e propriedade não saísse às ruas para alertar a população do perigo vermelho a coisa ficaria preta.

O comunismo pregado pelas tradicionais famílias mineiras era um regime que, antes de mais nada, dividia sua casa com alguém.

– Prepare-se! Se o comunismo chegar, uma família pobre virá morar com vocês! –, dizia um dos meus tios, o mais reacionário de todos. E tinha mais: as crianças seriam arrancadas de casa, do carinho e do conforto do lar, doce lar e enviadas para uma escola pública, de onde só sairiam com 7 anos de idade.

A comida seria racionada, o chefe da família ganharia uma cartilha que mostrava exatamente o que poderia comprar nos 30 dias do mês. E não era biscoito. Carne, por exemplo, eram cerca de 100 gramas e nada mais. A vida não seria fácil com a chegada do comunismo ao Brasil.

O meu pai nos consolava dizendo que, do jeito que o nosso país era uma bagunça, se o comunismo aqui chegasse seria desmoralizado e decapitado em poucos dias.

– Vão começar a vender essa cartilha, vão falsificar a idade dos filhos e ninguém vai aceitar pobre pra dividir a casa. Se o comunismo vier pra cá, o brasileiro acaba com ele na marra.

Mesmo com as brincadeiras do meu pai, tínhamos medo. E o pior do pior circulava à boca pequena.

– O regime de Fidel Castro está mandando matar todos os filhos caçulas de cada família! Quem afirmava isso categoricamente era minha tia, a segunda mais reacionária do pedaço. Eu ouvia aquilo encostando o ouvido na parede caiada que dividia o meu quarto do quarto dos meus pais.

Raciocinei rapidinho e cheguei à conclusão que o meu pai, o mais novo dos seis irmãos, e minha irmã que acabara de nascer seriam levados ao paredão com a chegada do comunismo ao Brasil. Isso me tirou o sono durante muitos dias.

Minha irmã tinha apenas 1 ano, era loirinha dos olhos azuis e muito querida. Minha mãe a tivera já numa idade em que mulheres não tinham mais filhos. Era temporona.

O tempo foi passando, o comunismo não chegou ao nosso país, ninguém foi eliminado sumariamente e o meu pai passou a vida inteira orgulhoso daquela menina de olhos azuis tão linda:

– Essa é a raspa do tacho!

8

TÔ FRITO!

Era véspera do Dia das Crianças quando saímos da Sapataria Clark carregando aquele saquinho de plástico transparente com um peixinho vermelho dentro. Quem comprasse um sapato poderia escolher o brinde do

Dia das Crianças: um peixinho vermelho ou um pintinho de um dia. Escolhemos o peixinho, já que na minha casa tinha um quintal cheio de pintinhos e peixinho não havia.

Não sabíamos como cuidar dele, mas, depois de ouvir as instruções do dono da sapataria, ainda passamos no Mercado Central e compramos uma caixinha amarela cuja embalagem dizia "comida para peixe".

Chegamos em casa e minha mãe logo se arvorou em tirar aquele bichinho espremido de dentro do saquinho plástico e colocá-lo numa fruteira de vidro. E foi ali que ele passou os seus primeiros dias, até que o meu pai comprou um aquário, desses redondinhos de desenho animado em que o gato fica olhando, olhando, olhando, até dar o bote. Mas como na minha casa nunca teve gato ficamos tranquilos e aliviados em ver o peixinho vermelho feliz da vida, nadando pra lá e pra cá, naquele espaço todo seu.

Meses se passaram e o peixinho continuava lá, agora já bem mais crescidinho e gordinho de tanto comer aquele farelo amarelo que compramos no Mercado Central. Uma vez por semana trocávamos a água e limpávamos bem o aquário. O peixe virou o grande amigo meu e do meu irmão.

Um dia o meu irmão me contou que lera na revista *Mecânica Popular* um artigo contando que no futuro iriam congelar as pessoas doentes e elas só seriam descongeladas quando os cientistas descobrissem o remédio para curá-las. Aquilo me fascinou de uma maneira tal que, no dia em que vi nosso peixinho vermelho só nadando à tona e colocando sua boquinha pra fora num ato desesperado pela sobrevivência, não tive dúvidas. Pequei um copo grande, enchi de água, coloquei o bichinho lá dentro, abri a geladeira, a portinha do congelador e botei o copo lá dentro.

De tempos em tempos, ia lá ver. A água foi virando gelo e de repente o peixinho vermelho, completamente congelado, não nadava mais. Pensei comigo mesmo que, no dia em que tivesse dinheiro para levá-lo ao veterinário, ela só descongelá-lo. Mas o meu irmão me alertou que não era bem assim o tal congelamento. Veio um frio na barriga e quando minha mãe se levantou e disse "vou lá ver se tem sorvete no congelador!" eu me encolhi no meu cantinho e pensei:

– Tô frito!

9

ELE TEM UM PARAFUSO A MENOS

Imagine o que é morar num Estado rodeado por enormes montanhas, verdes vales, um grande sertão de Guimarães Rosa e tão longe do mar. Nossa juventude foi sempre assim, convivendo com Manuelzão e Miguilim, mas sonhando com esse tal de marzão. O mar de mineiro sempre foi Guarapari, no Espírito Santo, que invadíamos todos os anos nos meses de sol, nos dias de férias. Mas mar dos sonhos mesmo era o de Copacabana, com aquela areia branca, aquelas ondas gigantes e aquelas morenas jambo desfilando pra lá e pra cá.

Mas no nosso Estado nunca tivemos mar algum.

É só pegar o mapa do Brasil que logo se vê que em Minas não há mar. Tem Ouro Preto, Monte Verde, Capim Branco, mas não tem mar azul. Se você um dia chegar lá vai perceber que tem tutu, lombo, torresminho, pão de queijo, cachaça, jiló à milanesa, tem goiabada cascão, Mate Couro, Minas tem tudo, mas não tem mar.

Quando víamos o alheio, nossos olhos se enchiam de luz. Corríamos pela areia quente até alcançar a onda e já dentro d'água a provávamos, para ter certeza de que continuava salgada, bem salgada. Catávamos conchinhas, evitávamos pisar nas águas-vivas e, desajeitados, esfolávamos os joelhos na hora de pegar jacaré.

Acredito que, ao ver o sofrimento desse povo sem mar, um deputado chamado Nelson Thibau teve a ideia de trazer o mar pra Minas. E foi com essa ideia na cabeça que Thibau construiu sua carreira política. Candidato a prefeito de Belo Horizonte, ele mandou construir um enorme barco de madeira, uma espécie de arca de Noé, em plena avenida Afonso Pena, para que tivéssemos certeza de que o marzão poderia chegar a qualquer momento.

A ideia era esta, abrir um canal que traria aquela aguaceira toda até a Lagoa da Pampulha. Ali seria nossa praia de verdade, com areia branca, morenas jambo e ondas enormes e, inclusive, água salgada.

Durante muitos meses aquele barco ficou ali ancorado à espera quem sabe de um dilúvio. E Thibau falava sério. A prioridade número um do candidato era mesmo trazer o mar pra Minas.

Fala sério!

E nós, durante muitos e muitos anos acreditamos que, se alguém trouxesse o mar para Minas um dia, essa pessoa seria Nelson Thibau. O mar nunca chegou e seus adversários políticos passaram a vida toda dizendo:

– Ele tem um parafuso a menos!

10

VÁ PENTEAR MACACO!

Durante muitos e muitos anos vivemos com uma dúvida na cabeça: quem veio primeiro, o ovo ou a galinha? Eram muitas as dúvidas: Caim matou Abel? Papai Noel existe? O homem pisou mesmo na Lua? De que cor era o cavalo branco de Napoleão? Ser ou não ser? Mas uma dúvida nos perseguiu durante décadas e décadas:

– O homem veio do macaco?

Tem gente que acorda com a macaca. Geralmente é gente que gosta de dormir até mais tarde e é despertada por um pedreiro martelando uma reforma no apartamento de cima, um barulho de aspirador de pó ou uma luz que se acende no quarto de repente. Não dá outra: aí a pessoa acorda com a macaca, com uma cara azeda que só vai começar a desaparecer no final da manhã, início da tarde. Vai passando de repente, como se a macaca fosse indo embora, saindo à francesa.

Macaco velho não mete a mão em cumbuca! O meu pai era um homem que vivia dizendo essa frase e jamais metia a mão na cumbuca, principalmente depois que ficou velho. Mineiro, não precisa nem falar que era desconfiado. Quando topava com um problema, a primeira coisa que lhe vinha à cabeça era a história do macaco velho que não metia a mão na cumbuca. Ele sempre pensava duas vezes antes de agir, não costumava pagar mico e tinha uma convicção.

– O macaco tá certo!

Mas quando a discussão esquentava, no calor do debate sobre a origem do homem, alguém sempre se exaltava, perdia a paciência e esbravejava:

– Vá pentear macaco!

11

ABOTOOU O PALETÓ

Quando ele fez 46 anos cismou que ia morrer ou, pelo menos, havia começado a descer a curva rumo ao abismo. A primeira providência foi comprar um túmulo no Parque da Colina, um cemitério diferente daqueles que havia na cidade.

Era um cemitério bem no estilo americano, muita grama verde e apenas cruzes brancas. Nada de mausoléus rococós cheios de santos, cobertos de mármore e vasos com flores de plástico. Coisa simples, chique, o túmulo que o meu pai comprou aos 46 anos.

Fez questão da localização. Além de analisar a planta durante dias em casa, voltou ao local para observar bem os detalhes de onde passaria sua eternidade.

– Tem de ser perto de uma árvore porque quero sombra e água fresca! –, brincava ele, indo mais longe. – E tem de ser ao lado do bar porque senão amigo nenhum meu vai ao velório.

E assim foi feita sua vontade. Aos 46 anos de idade o meu pai já tinha onde cair morto, um túmulo muito bem localizado no Parque da Colina, debaixo de uma árvore que se revelaria frondosa no futuro e bem ao lado da cantina, que vendia, além de salgadinhos, cerveja e cachaça, acredito eu.

O meu pai era obcecado pela morte. Ao mesmo tempo em que falava nela todos os dias, gostava de brincar com ela.

Num caderno preto de capa dura ele anotava o nascimento e a morte de todos os parentes, vizinhos, amigos, colegas de trabalho, de copo e de cruz. Toda manhã, minha mãe ainda na cama, e lá vinha ele com aquela ladainha.

– Se Asplênio estivesse vivo, hoje estaria fazendo 121 anos!

Minha mãe, ainda cochilando, fazia um comentário curto e grosso.

– Não estaria vivo, não!

No dia seguinte, lá vinha ele de novo.

– Hoje faz 40 anos que papai morreu!

Os anos foram passando e ele brincando com a morte. Era comum vê-lo nas noites de inverno chegar na copa para jantar enrolado num cobertor de lã grossa, termômetro na boca, cabelos despenteados e batendo queixo. Mas essa é outra história, mais para a frente.

Ele não gostava de sair de casa e, quando a minha mãe se aprontava toda para ir a um aniversário, casamento ou batizado, ele reagia.

– Antes deixe a *Bíblia* e uma vela em cima do criado-mudo, porque se eu sentir que estou morrendo...

Minha mãe, já acostumada com aquela novela, abria a *Bíblia*, buscava uma vela e ainda colocava uma caixinha de fósforos ao lado para facilitar seus derradeiros momentos de vida.

A primeira coisa que lia no jornal *Estado de Minas*, nos seus últimos anos, era o obituário. Ruim da vista, acompanhava com o dedo indicador os nomes e as idades de todos que partiram desta para uma melhor.

– Sabe quem bateu as botas? –, dizia ele, para minha mãe que já cochilava.

– O quê?

– Sabe quem abotoou o paletó?

12

ELA MORA LÁ NO CAIXA-PREGOS

Não há neste mundo Google Maps que localize ou GPS que indique o caminho do Caixa-Pregos, mas Julieta morava lá. Ela não morava longe, não, morava muito longe, pra lá do fim do mundo, mais precisamente no Caixa-Pregos.

Depois do ponto final do ônibus, ela ainda tinha de caminhar uma boa meia hora por estradinhas de terra na temporada de seca e de lama durante o período das águas.

Pronto, chegamos ao Caixa-Pregos!

A casa de Julieta ficava numa dessas ruas, dessas ruelas, e era um primor. Toda pintadinha de branco, portas azuis, chão encerado de vermelho e tudo imaculadamente limpo e nos lugares. Na sala ela colocava pequenas toalhinhas de linho bordadas debaixo de cada enfeite, de cada santo. Antônio, Pedro, Jorge, Cristóvão, Brás.

A rua de Julieta não tinha nome, a casa não tinha número, era simplesmente a casa de Julieta, que ficava lá no Caixa-Pregos. E olha que não era a última casa do bairro. Pra lá da casa dela ainda havia outras, a da dona Mércia, a da Conceição, a da Etelvina, umas 18 casas.

Essas 18 casas ficavam no Cafundó-do-Judas, que fazia fronteira com o Caixa-Pregos. Não eram nada violentos esses dois lugares, muito pelo contrário. A última pessoa que ali morrera foi seu Antenor, que morreu de velho, aos 98 anos. Quer dizer, morreu de morte morrida.

Todas as casas do Cafundó-do-Judas eram parecidas. Não tinham telhas nos telhados nem reboco nas paredes, eram pequenos caixotinhos com duas janelas da sala dando para um pequeno alpendre. Tinham jardins na parte da frente, mas alguns moradores cultivavam hortas no lugar de flores. Plantavam hortelã, orégano, manjericão, coentro, alecrim, salsa e cebolinha, no lugar de cravos e rosas.

Os moradores criavam galinhas, patos, gansos, alguns criavam porcos que ficavam em chiqueiros no fundo das casas. Cachorros vira-latas funcionavam como campainha. Era só bater palma para chamar os moradores que eles começavam a latir. Era automático.

Quem morava lá no Caixa-Pregos e lá no Cafundó-do-Judas era tudo gente fina e trabalhadora: balconistas, passadeiras, arrumadeiras, biscateiros. Gente que pegava duro no batente e voltava pra casa sempre com um ar cansado, mas um sorriso nos lábios, agradecendo a Deus por mais um dia vencido.

Dizem que existe uma cidade chamada Caixa-Pregos lá na Bahia, mas quem morava no Caixa-Pregos mesmo nunca acreditou muito nessa história.

Quem chegava ao Caixa-Pregos não costumava dizer nada, apenas reclamava um pouco da lama quando chovia. Mas, quem chegava pela primeira vez ao Cafundó-do-Judas, se assustava com a distância e perguntava:

– Foi aqui que Judas perdeu as botas?

13

VAMOS À CIDADE FAZER COMPRAS

O que minha mãe chamava de cidade era o centro de Belo Horizonte, com avenidas espaçosas, ruas asfaltadas e muitas árvores, fícus e chorões. Era no centro que ficavam as grandes lojas e onde apareceram as primeiras galerias com uma novidade chamada escada rolante. As pessoas admiradas e assustadas com o progresso custavam a se equilibrar quando pisavam naquela coisa tão moderna. Algumas senhoras chegavam a cair, outras evitavam, tinham medo de escada rolante.

Para ir do bairro onde morávamos até a cidade, lotação. O ponto final ficava na rua da Bahia, bem pertinho da avenida Afonso Pena. Quando o motorista estacionava e anunciava que todos tinham de descer, sentíamos um cheiro forte de gasolina que vinha dos automóveis – e só tinha na cidade. Eram carros importados, Studbacker, Fletmaster, Mercury e Citroën Traction, quase todos pretos. Bem pertinho do ponto final do lotação ficava o ponto de táxi com seus *chauffeurs* alinhados, terno e gravata.

Se na ida era lotação, a volta com os braços cheios de sacolas, sempre táxi.

As lojas da cidade eram lindas, mais bonitas que as lojas dos bairros. Todo final de ano, quando o Natal se aproximava, minha mãe convocava os filhos para ver a decoração, a cidade toda iluminada.

Também no Carnaval a Afonso Pena se enfeitava toda. Palhaços e máscaras eram dependurados em cada poste. Nos dias de folia era ali que as escolas desfilavam cobrindo o chão da avenida de confete e serpentina num carnaval pobrezinho perto do Carnaval da Cidade Maravilhosa.

Fazer compras na cidade significava admirar as novidades na vitrine da Sapataria Clark, percorrer os corredores da Casa Sloper, dar uma passadinha no Mundo Colegial, nas Lojas Floriano Nogueira da Gama, na Bemoreira e chegar até a Guanabara, o prédio mais suntuoso da avenida Afonso Pena.

Adorávamos subir no elevador da Guanabara e ouvir o ascensorista anunciar o que havia em cada andar.

– Primeiro andar! Moda infantil, juvenil, brinquedos.

– Segundo andar! Moda masculina, feminina, sapatos, acessórios.

– Quinto andar! Móveis, eletrodomésticos, decoração, caça e pesca.

Lá de cima víamos a cidade inteira. O movimento das pessoas que andavam de um lado para o outro. Os vendedores de loterias, quase todos cegos, anunciando a sorte grande.

– Jacaré, cobra, veado!

– Hoje vai dar a vaca!

Lá de cima víamos os luminosos dos grandes cinemas anunciando os filmes de faroeste e as chanchadas da Atlântida. O pirulito da Praça 7, o prédio do Banco da Lavoura, a Igreja São José, e se forçássemos a barra sentiríamos o cheiro das coxinhas saindo da Torre Eiffel na Espírito Santo.

Era lá de cima que enxergávamos um bando de aposentados chegar para passar a tarde na calçada do Café Pérola jogando conversa fora. Quando não estavam discutindo futebol ou política, estavam falando de mulher. Falar de mulher era fazer um raio X de cada uma que passava na calçada pra lá e pra cá.

Era ao Café Pérola que iam toda noite Raimundo e Eugênio. Raimundo ia para tomar religiosamente uma xícara de café com muito açúcar e Eugênio um copo de leite batido. Leite batido como aquele só tinha no Café Pérola da cidade.

Cidade era o centro de Belo Horizonte.

14

CUIDADO COM A MOLEIRA!

As pessoas acreditavam naquela história da sementinha que o pai plantava dentro da mãe, mas muitas acreditavam mesmo é que as mulheres ficavam grávidas por obra e graça de uma encomenda da cegonha.

Bebês nasciam da noite para o dia e ninguém perguntava muito como chegaram ao mundo. Quando víamos já estava lá no bercinho, todo enroladinho em faixas para segurar o umbigo. Cueiros, camisinhas pagãs, sapatinhos e cobertorzinhos. Tudo de menino era azul, cor-de-rosa era coisa de menina. Não tinha neste mundo bebê de pintinho que usasse uma roupinha cor-de-rosa.

Todo cuidado com o recém-nascido era pouco. Pai quase não pegava a criança porque não tinha jeito pra coisa. Segurar o filhote, dar de mamar, pôr para arrotar, trocar fralda, dar banho, pôr para dormir, tudo era tarefa única e exclusivamente de mãe.

Cesariana era coisa rara, só em casos extremos de o bebê estar com o cordão umbilical enrolado no pescoço ou teimar em não sair. O parto normal era a coisa mais normal do mundo e nem mesmo era chamado de parto normal.

Banho, só depois que o umbigo caísse, lá pelo sétimo dia de vida. Até então era um paninho úmido e quente para limpar o corpinho, principalmente nas dobrinhas, se o bebê fosse muito gordinho.

Não eram poucos os cuidados com a mãe nem com o recém-nascido. A mãe ficava de quarentena, exatos 40 dias tomando apenas uma canjinha de galinha, bem leve, sem tempero, branca como comida de hospital. O bebê não podia tomar vento, sobretudo no rosto, porque se um vento bravo viesse e ele estivesse com os olhinhos tortos era sinal de que ficaria vesgo para o resto da vida. Simão era caolho porque tomou um vento aos 3 dias de vida quando o tio abriu a janela do quarto.

Mas cuidado mesmo era com a tal da moleira. O crânio ainda não estava totalmente formado e a moleira era um pedacinho mole bem na parte superior da cabeça. Ali não se podia sequer colocar o dedinho. Era um lugar sagrado para manter a sanidade mental de qualquer recém-nascido.

O que mais ouvíamos quando percorríamos os corredores das maternidades eram vozes cautelosas de avós experientes que vinham de dentro dos quartos:

– Cuidado com a moleira!

15

ELA TOMOU UM CHÁ-DE-CADEIRA

Até os 14 anos era festa infantil dentro de casa. Esvaziava-se a sala, tirando todos os móveis e deixando no centro apenas uma grande mesa com uma toalha branca cheia de docinhos e salgadinhos, Guaraná Champagne Antarctica e um enorme bolo no centro.

Eram convidados para essas festas infantis os parentes, amigos e vizinhos. A preparação começava uns três dias antes, na cozinha. Era ali que se faziam todas aquelas guloseimas: cajuzinhos, brigadeiros, olhos-de-sogra, balinhas de coco, que eram enroladas em papéis coloridos.

Era ali também que se faziam os salgadinhos: pasteizinhos portugueses, coxinhas e sanduíches de patê em forma de triângulo. O sabor do bolo quem escolhia era o aniversariante. Chocolate, doce de leite, abacaxi ou laranja, sempre coberto com chantili, muito chantili.

Quando se completavam 15 anos, a história era outra. No lugar dos docinhos, apenas salgadinhos. No lugar do Guaraná Champagne Antarctica, cuba libre. No lugar do "Parabéns pra você", Johnny Rivers cantando "Do you wanna a dance", os Mamas e Papas cantando "Monday Monday", os Hermans Hermits "No milk today", os Beatles "Oh, darling" e os Stones "Satisfaction".

Uma luz estroboscópica era instalada no teto e os convidados não podiam ter menos de 15 anos.

– Quem gosta de criança é Papai Noel! –, cantávamos de galo do alto dos nossos 15 anos de idade.

Além das festas de debutante tinha as horas-dançantes. Hora-dançante não tinha hora para terminar, acabava quando o gás dos convidados ia terminando e cada um ia se encostando desanimado pelos cantos da casa. Nada de muita bebedeira, sono mesmo.

As meninas se aprontavam, surpreendendo a todos. Pintavam os olhos, passavam rouge e armavam os cabelos com laquê. Os sapatos ganhavam saltinhos e elas vinham preparadas, prontas para dançar.

Nos primeiros acordes de "Do you wanna a dance", os pares começavam a se formar. Paulo dançava com Tânia, que depois dançava com Nilo, que tirava Selma para dançar. Suzana dançava com Cláudio, que estava de olho em Pituxa, que queria dançar com Pimenta.

O único medo que as meninas tinham era de tomar chá-de-cadeira.

Nenhuma delas queria ficar sentadinha num canto e passar a noite sem dançar. Era um pavor. As meninas do bairro do Carmo não costumavam tomar chá-de-cadeira. Eram todas bonitas e vinham muito chiques e esvoaçantes para as horas-dançantes.

Que eu me lembre, só um dia que uma delas, não vou dizer o nome, tomou um chá-de-cadeira inesquecível. Passou a noite toda sentada com a cara amarrada, sem dançar com ninguém.

Nunca soubemos se tomou um chá-de-cadeira porque estava com a cara amarrada, ou vice-versa. Pela cara que fazia, naquele dia, tivemos certeza que deveria ser muito amargo o gosto do tal chá-de-cadeira.

16

VAMOS PRA PARADA?

Odiávamos qualquer tipo de guerra, mas adorávamos nossos soldadinhos de chumbo pintados à mão de verde-oliva, que guardávamos dentro de uma caixa de sapato debaixo da cama. Ali era o bunker de uma legião de honra, soldadinhos em todas as posições, de ataque, de defesa, sempre alertas.

Quando setembro se aproximava, tudo ficava meio verde-amarelo no meu país. No colégio começavam os ensaios para a grande parada do dia 7. Independência ou morte! Nossos uniformes de gala saíam do fundo do guarda-roupa para perder aquele cheiro de naftalina. No dia 6 de setembro já estavam dependurados, esticadinhos na porta do armário.

Era a palavra de ordem que vinha da sala que nos tirava da cama cedo, antes mesmo de o sol raiar.

– Vamos pra parada?

O dia 7 de setembro era um dia muito especial. Acordávamos cedo, tomávamos um café reforçado e íamos para a avenida principal. De longe já enxergávamos os jipes e tanques estacionados, enquanto cavalos inquietos ensaiavam coices e pinotes.

A polícia e o exército já estavam ali desde a madrugada, instalando o cordão de isolamento enquanto o palanque das autoridades era testado. Por volta de 10 horas da manhã uma corneta anunciava o início do desfile.

A televisão, a postos, começava a transmissão, ao som do *Hino Nacional.*

Alunos de grupos escolares apareciam no início da avenida, abrindo caminho para um grupo de ex-combatentes, alguns em cadeiras de rodas, cansados de guerra.

De repente o clima ia esquentando. Jipes camuflados despontavam levando soldados em posição de combate. Tanques enormes rasgavam o asfalto seguidos dos cavalos, agora mansos e no compasso. Os soldados vinham ar compenetrado, sérios demais, prontos para a luta.

Palmas.

As balizas davam um show à parte, mas show mesmo era quando entravam os trinta pracinhas formando uma pirâmide em cima de uma única motocicleta. Um espetáculo!

Aplausos e mais aplausos.

Os militares se orgulhavam de suas tropas e sabiam que se houvesse uma guerra de seis dias, de cem anos, uma invasão do Paraguai, estariam prontos para a luta. Com os jipes camuflados, tanques apontados para o inimigo e os cavalos alados.

17

VAMOS DE JARDINEIRA

Voar nas asas da Panair ou da Real Aerovias era coisa de rico, de quem tinha posse, não era para qualquer um. Qualquer um viajava por este país de ônibus e, quando a viagem era dentro do Estado, não muito longe das montanhas, era de jardineira.

Viajar de jardineira era uma aventura que começava bem de madrugada, com a minha mãe preparando a matula. Ninguém pegava uma jardineira sem levar comida, muita comida a bordo. Ainda noite, ela fazia café e colocava dentro de uma garrafa térmica enorme, muito bem fechada com uma tampa de cortiça.

Depois vinham os sanduíches de patê, as rosquinhas de coco, os biscoitos Maria e Maisena. Um isopor com garrafinhas de refrigerante e algumas laranjas já descascadas, mas ainda sem a tampinha. Ela pegava dois panos de prato, guardanapos, faca e até palitos. Ajeitava tudo dentro daquela sacola que geralmente ia no chão da jardineira, ao lado dos pés.

Cinco horas da madrugada, quando chegávamos à rodoviária, a jardineira já estava lá estacionada nos esperando. Era uma espécie de ônibus muito colorido, geralmente listrado de vermelho, azul, amarelo e verde. Na parte de trás havia uma escada que levava até o teto, onde eram colocados as malas de couro e os sacos de linhagem que os viajantes levavam.

Quem chegava primeiro ia com as malas mais bem acomodadas, mais seguras, amarradas com uma corda. Os retardatários corriam o risco de ver, numa curva mais acentuada, seus pertences voar pelos ares. Mas isso muito raramente acontecia. O ajudante do motorista subia e descia aquela escada várias vezes para acomodar tudo de todos.

Jardineira era um ônibus menor que tinha o motor na frente, como um automóvel, fazendo aquele bico. Os bancos eram forrados de lata e o interior sempre florido. Os motoristas de jardineira gostavam de levar uma imagem de São Cristóvão instalada bem na frente, pertinho deles. Alguns chegavam a iluminar a estátua com uma pequena lâmpada vermelha.

Não havia lugar marcado na jardineira, quem ia entrando primeiro ia escolhendo o melhor. As janelas mais na frente eram as mais disputadas. Ninguém gostava de viajar no lugar que ficava bem em cima do pneu. Quem viajava em cima do pneu tinha de ir com as pernas um pouco pra cima, o que incomodava muito.

Quando tudo estava prontinho, lá íamos nós por estradas de terra rezando para não chover, aquilo virar lama e a jardineira atolar. As paradas eram feitas em lugares muito populares que vendiam praticamente nada. Água, cachaça, pão de queijo, café puro, café com leite e alguns salgadinhos.

Algumas dessas paradas ofereciam almoço, um prato feito de arroz, feijão, macarrão, um pedaço de carne, salada de tomate e cebola. Minha mãe sempre experimentava primeiro antes de dar aos filhos porque tinha medo de comida estragada, da disenteria que poderia provocar nos filhos.

Era nessas paradas que comíamos o que ela tinha preparado de madrugada. Sanduíche fresquinho, refrigerante ainda gelado porque eles saíam de casa praticamente congelados e laranja de sobremesa. A minha mãe pegava cada uma delas e ia cortando as tampinhas, disputadas por todos.

Quando terminávamos e a jardineira começava a roncar o motor naquele pega-não-pega, nós corríamos para dentro dela, porque ninguém queria perder o bonde da história.

18

QUERO PEDIR A MÃO DE SUA FILHA EM CASAMENTO

Namoro começava com olhares, depois piscadelas, flertes, uma conversa aqui, outra ali. Para chegar a colocar uma mão na outra levava um tempo, ganhar confiança pra virar namoro de verdade. Namoro escondido era só quando os pais dela não concordavam, achavam que estava cedo demais pra namorar e o importante eram os estudos primeiro.

Depois do namoro firme, vinha o noivado e depois do noivado o pedido de casamento. O pedido de casamento era uma cerimônia cheia de vergonhas, em que o noivo pedia a mão da noiva, provava que tinha condições financeiras de formar uma família e então mostrava o par de alianças que trazia dentro de uma caixinha num bolso do terno, já que ninguém pedia a mão da noiva se não tivesse usando terno e gravata, sinal de respeito.

O meu pai não pediu a mão da minha mãe cara a cara, olho no olho, mas escreveu uma carta para o meu avô que dizia o seguinte:

Belo Horizonte, 22 de março de 1940

Senhor Néco.

O fim desta é para fazer-lhe um pedido e, por este motivo, procurarei abreviar minha palestra. Queria falar-lhe pessoalmente, porém, devido a fatores psicológicos taes como o meu nervosismo, as palavras embargarem minha voz, é que resolvi escrever-lhe.

Como é do conhecimento do senhor, há muito tempo gosto de sua filha Laly. Tenho para com ela as melhores intenções que um rapaz pode ter para com a moça que verdadeiramente ama. Estudando bem o seu procedimento, o seu caráter, afinal todos os seus elogiáveis dotes, vi nela a mulher ideal para minha companheira.

E é impulsionado por este amor, esta afeição e o conhecimento que tenho de seus dotes, que venho por meio desta pedir a mão de sua filha.

Caso o senhor queira dignar-se a dirigir-me a este respeito, talvez sentir-me-ei mais encorajado para responder-lhe a alguma pergunta que me for feita.

Aguardando o seu breve parecer a este respeito, o senhor pode contar em mim o seu sempre amigo sincero e humilde creado.

Alberto Villas Bouçada

19

VOU FAZER COOPER

Aurino, Jésus e Mateus nunca levantaram a bunda da cadeira pra fazer nenhum tipo de atividade física. Passavam o dia na repartição e quando dava a hora de bater o ponto o único esforço que faziam era caminhar até o bar do

Mané Doido no Mercado Central para tomar umas e outras. Eram muitas umas e outras, sempre acompanhadas de um maravilhoso jiló à milanesa, uma moela frita, um coraçãozinho de galinha ou um torresminho bem sequinho.

Ninguém caminhava, ninguém comia comida diet, light ou bebia refrigerante zero. Não havia. O açucareiro fazia parte de qualquer balcão de botequim, sempre transbordando, pronto para adoçar o café puro ou com leite. Pronto para adoçar o Toddy, o leite batido, a laranjada, o chá.

Aurino, Jésus e Mateus não entraram na onda, mas, de repente, o mundo inteiro começou a correr. Foi praticamente de uma hora pra outra. Corria gente no Central Park de Nova York, no Holland Park de Londres, no Jardim de Luxemburgo em Paris. Corria gente nas ruas de Viena, de Zurique, de Roma, de Buenos Aires. Gente passava em disparada no Chile, na Costa Rica, no Togo, na República dos Camarões, no Quênia, em Zâmbia e no Mali.

Essa onda começou depois que um médico americano, o doutor Kenneth Cooper, provou por A mais B que correr fazia bem para corações e mentes. Correr passou a ter nome: fazer *cooper.*

Virou coisa chique fazer *cooper.* Até a seleção brasileira de futebol, tricampeã no México em 1970, entrou na onda. O doutor Cooper ensinou o caminho das pedras para Cláudio Coutinho, que colocou a seleção canarinho de Rivelino, Gerson, Tostão e Pelé pra correr. E deu certo, porque trouxemos o caneco definitivamente pro nosso país.

Então o negócio era correr. Quem não saísse cedo em disparada corria o risco de abotoar o paletó de uma hora pra outra. Era comum ouvir nas ruas um diálogo literal.

– Tudo bem?

– Estamos aí, nessa correria!

O doutor Cooper ensinava ainda que, além de correr, fazia bem pra saúde praticar esqui no inverno e subir e descer montanhas no verão. Nem mesmo em Minas, cercada de montanhas por todos os lados, a turma levou isso a sério. O negócio era simplesmente não perder tempo e sair correndo.

Além de Aurino, Jésus e Mateus, Moacir, do alto de seus quase dois metros de altura, também nunca entrou na onda da corrida. E ele dizia que tinha lá os seus motivos, retrucando com mais um de seus trocadilhos infames.

– Eu não faço *cooper* porque já tenho o *cooperfeito*!

20

Ô DE CASA!

Bastava bater palmas que o cachorro latia, como se uma coisa estivesse ligada a outra. Batíamos palmas porque muitas casas do interior não tinham campainha e a única forma de chamar o dono era o pá-pá-pá.

Viajávamos muito pelo interior de Minas Gerais. Ouro Preto, Ouro Fino, Ponte Nova, São Lourenço, Passa Quatro, Caxambu. Em todas as cidades o meu pai tinha um amigo, um parente, uma pessoa a quem ele devia uma visita.

– Estou devendo uma visita a Zezé Santana! –, dizia ele quando via a placa de bem-vindo a Ponte Nova.

As pessoas visitavam os outros sem avisar com antecedência. Chegavam assim, de repente, e batiam palmas. As casas ficavam lá no fundo e, quando o cachorro latia, lá vinha o dono, surpreso com a surpresa.

– Quanto tempo! Mas que surpresa!

Sim, chegávamos de repente e muitas vezes pouco antes da hora do almoço.

Entrávamos naquelas casas simples e, depois de elogios aos filhos que não paravam de crescer, vinha o convite para o almoço. Botavam água no feijão, reforçavam o angu e catavam uma galinha no quintal, que ia direto pra panela. Aquele cheiro de molho pardo ia tomando conta do ambiente entre um papo e outro.

– O almoço está na mesa!

Eram mesas de madeira rústica com toalhas xadrezes, vermelhas, azuis ou amarelas. Os pratos eram colorex, os copos de vidro, os garfos de alumínio e os guardanapos de pano.

A comida saía fumegando do fogão a lenha direto para a mesa.

– Não repare, não!

E não reparávamos mesmo. A comida servida era a mais deliciosa do mundo. Depois vinha a goiabada com queijo, o cafezinho com uma pedrinha de rapadura dentro para adoçar.

– Comida no papinho, pé no caminho!

Entrávamos no carro e pegávamos a estrada de novo, porque sempre tínhamos muito chão pela frente, muita poeira pra engolir. A próxima parada seria no final da tarde e a sinfonia era sempre a mesma.

Palmas. Cachorro latindo. Mas, antes de colocar os pés dentro da casa de qualquer amigo, o meu pai costumava anunciar:

– Ô de casa!

21

ESCREVA COM A MÃO DIREITA

Era um perigo ser de esquerda. Risco de ser preso, torturado, exilado, ejetado do país. Ser canhoto, escrever com a mão esquerda, também era um perigo.

Nos anos 30 Fabíola Araújo Bittencourt era professora do Colégio Mallet Soares, no Rio de Janeiro. Foi com dona Fabíola que o maestro soberano Antônio Carlos Jobim aprendeu a ler e escrever. Em apenas três meses o pequeno Tom passou do bê-á-bá para a leitura corrente. O garoto virou assim o orgulho de dona Fabíola. Sabia tudo de cor e salteado.

O jornalista Sérgio Cabral conta que ela nunca se esqueceu daquele menino bonito, forte, inteligente e irrequieto, o Antônio Carlos. E dona Fabíola nunca se esqueceu do menino que insistia em escrever suas primeiras e mal traçadas linhas sempre com a mão esquerda.

– Escreva com a mão direita! –, dizia ela sempre que percebia o pequeno Antônio fazendo seus rabiscos com a esquerda.

Naqueles anos, ser canhoto era considerado quase uma doença. Uma doença a ser curada, corrigida. Escrever com a mão direita fazia parte da nomenclatura pedagógica de qualquer escola. Mas Antônio Carlos insistia em escrever com a mão esquerda.

Quando dona Fabíola chamava sua atenção, ele passava imediatamente o lápis John Faber número 2 para a mão direita, mas bastava ela distrair um pouco e lá estava ele, Tonzinho, o canhoto, escrevendo com a mão esquerda.

O que mais impressionava a professora era que, apesar de gostar de escrever com a mão esquerda, Antônio Carlos escrevia perfeitamente também com a mão direita.

Em 1977 o repórter Uirapuru Mendes da revista *Manchete* promoveu um encontro entre dona Fabíola cansada de guerra e o maestro já soberano. Foram horas seguidas de muitas recordações. Ela lembrou da pasta de couro que ele carregava nas costas, das bolinhas de papel que jogava nos colegas, do caderno circular em que a lição de casa era feita cada dia por um aluno.

E, quando lembrou que Tom escrevia com a mão esquerda, dona Fabíola perguntou se ele continuava canhoto. E ele respondeu:

– Continuo escrevendo com as duas!

Mas ela não perdeu a oportunidade de brincar com ele:

– Escreva com a mão direita, Tom Jobim!

22

NÃO VALE A PENA ENGOLIR SAPO

As crianças não tinham televisão porque éramos contra. Não tinham tomado ainda a primeira Coca-Cola, me lembro bem agora, porque era coisa do capitalismo. Tomavam iogurte só natural, sem conservantes, sem colorantes, sem adoçantes. Carro, não tínhamos e nem pensávamos em ter porque poluía o ar, engarrafava o trânsito e neurotizava as pessoas. Éramos todos radicais. Mas livres.

Toda semana descíamos os 16 andares do prédio onde morávamos para comprar na banca de seu Carolino a revista *Recreio* e a *Taba*. A revista *Recreio* era o retrato falado do antiamericanismo. Nada de desenhos enlatados, apenas histórias brasileiras ilustradas por brasileiros. Historinhas coloridas com lápis de cor, aqueles que traziam na embalagem sempre o desenho de uma arara ou de um tucano vermelho, verde, amarelo, azul-anil. Todas as noites, tarde da noite na cama, lia para eles aquelas aventuras maravilhosas, inesquecíveis.

A menina era obcecada pelo Macaco Malaquias. Sabia de cor e salteado a sua história. "Malaquias, quando cisma, cisma mesmo pra valer. Nem com abalo sísmico, que faz a terra tremer, Malaquias não se abala, não teme, não treme, não geme."

Nas páginas da *Recreio* é que começa nossa história. Era mês de abril. O verão já tinha ficado para trás e foi debaixo de um cobertor Parahyba que comecei a ler a aventura daquela semana, a história de uma sapa chamada Cristina. A cada parágrafo as crianças iam arregalando os olhos num espanto politicamente correto assustador. A mãe da sapa era muito rigorosa e não deixava a pobre Cristina colocar sequer as patinhas na água.
Cristina estava proibida de nadar porque fazia frio, não podia sequer brincar com água porque sujava a casa. Não podia lamber gelo porque provocava dor de garganta. E no final da história Cristina virou uma sapa muito doente porque um dia desobedeceu à mãe.

As crianças ficaram revoltadas com aquela história toda, argumentando que sapo é anfíbio, que vive na água, sim, e não adoece por causa disso, não. Indignados, sentamos os três numa velha Remington e escrevemos uma carta para a *Recreio*. A resposta veio em uma semana.

"Recebemos sua carta de 29 de abril passado e saiba que o seu protesto está aceito. Em termos pedagógicos, reconhecemos que a história da Sapa Cristina é discutível em sua proposta. Suas colocações estão corretas e continue a escrever sempre que julgar conveniente."

Era uma longa carta assinada por Paulette Cohen, editora-chefe da *Recreio*. Respiramos aliviados e resolvemos interferir na história escrevendo um outro final. Mandamos para a Paulette, que nos respondeu com um bilhete manuscrito, simpático, que guardamos até hoje.

"Obrigado! A ideia me deu um imenso prazer. À turminha unida, um grande abraço, Paulette."

Foi uma lição que aprendemos. Quando a gente vê uma coisa errada não deve se calar. Temos de pôr a boca no trombone.

Não vale a pena engolir sapo!

23

ELE TRABALHA COM CÉREBRO ELETRÔNICO

Ele era o meu irmão mais velho, que aos 18 anos conseguiu um emprego na IBM para trabalhar com cérebro eletrônico. Aquilo na família foi uma revolução. O meu pai gostou da notícia, mas temia que ele se transformasse num cientista maluco.

Tínhamos medo de que o cérebro eletrônico um dia tomasse o poder do mundo. Uma historinha do Mandrake contada em capítulos nas páginas de *O Globo* mostrava exatamente isso. Um dia o homem perdera o controle sobre os cérebros eletrônicos e eles começaram a dominar o mundo.

A única ligação que o meu irmão tinha com o progresso da ciência era a leitura da revista *Mecânica Popular*, que chegava todos os meses para ele, pelo correio, anunciando as novidades. Numa estante da Mobília Contemporânea ele ia empilhando aquelas revistas e, de tempos em tempos, pegava uma para ler.

No primeiro dia de trabalho ele voltou animado com um papo que ninguém entendia direito. Falava em CDC 6600, em IBM 360/95 e 370/195. Além da IBM, ele falava muito da Texas e da Burroughs, que a gente nem sabia pronunciar direito. De cérebro eletrônico não entendíamos nada, mas, robôs, adorávamos.

Eu tinha um de lata que era um luxo, presente que minha madrinha trouxe da Itália, onde todos os anos passava uma temporada. Ele tinha olhos de vidro que acendiam, pernas que andavam, mãos que mexiam. Era movido a pilha e bastava ligá-lo que ele saía cambaleando e fazendo um barulho estranho numa língua que não entendíamos, achávamos que era de marciano.

Um dia Gilberto Gil fez uma música, talvez a primeira poesia dedicada ao cérebro eletrônico. A canção começava assim: "O cérebro eletrônico faz tudo/Faz quase tudo/Quase tudo/Mas ele é mudo/O cérebro eletrônico comanda/Manda e desmanda/Ele é quem manda/Mas ele não anda".

E terminava dizendo que cérebro eletrônico nenhum lhe dava socorro com seus botões de ferro e seus olhos de vidro.

O que era verdade.

Só muito tempo depois que o cérebro eletrônico mudou de nome e virou computador.

24

TÁ COM A PULGA ATRÁS DA ORELHA

A afirmação nos pegou de surpresa, enquanto saboreávamos um delicioso macarrão com legumes numa tarde de domingo.

– Eu nunca vi uma pulga!

Quem soltou essa bomba foi minha filha de 15 anos.

– Como assim, nunca viu uma pulga?

E ela repetiu, categoricamente:

– É sério! Eu nunca vi uma pulga na minha vida!

Foi nessa hora que minha cabeça viajou longe, foi até Minas Gerais, Belo Horizonte, bairro do Carmo, rua Rio Verde. Não, a minha casa não era um pulgueiro. Minha mãe, uma zelosa dona-de-casa, deixava tudo muito limpinho, mas pulga era o que não faltava ali. Muitas vezes acordávamos com os lençóis coalhados de manchinhas de sangue, fruto do banquete noturno daquelas malditas pulguinhas.

Meu pai vivia brincando:

– Não dormi nada essa noite porque tinha uma pulga morta no meu colchão!

– Se ela estava morta, por que não dormiu? –, perguntava minha mãe.

E ele respondia:

– E as outras que vieram pro enterro?

Matar pulga era uma diversão naquela casa. Quando conseguíamos capturar a danada, ela era imediatamente imobilizada. Ia direto pra unha e... crac! Era impiedosamente massacrada.

– Mais uma!

Se a minha filha nunca viu uma pulga, certamente nunca viu também o comercial dos porquinhos das Casas da Banha, nunca viu um pacote de sabão em pó Lux em flocos, uma caixa de fósforos Marca Olho, Pinheiro ou Beija-Flor. Nem mesmo uma minhoca, um tatu-bola ou uma taturana.

O filho de um amigo meu que nasceu em São Paulo tinha 2 anos quando foi pela primeira vez a uma fazenda. Ao ver aquele bicho estranho com duas pernas, cheio de penas, ciscando e cacarejando, disse espantado:

– Pai, olha uma Knorr!

O que deve ter deixado o pai dele com a pulga atrás da orelha.

25

ELA TEM MEDO DE ASSOMBRAÇÃO

Minha avó nunca dormiu com a luz apagada porque ela tinha medo de assombração, muito medo mesmo. Todos achavam aquela casa da rua Esmaltina um pouco estranha mesmo. De vez em quando umas sombras apareciam na parede da sala e ouvíamos uns estalos na cozinha. Meu avô dizia que era cupim comendo o forro do teto, mas minha avó garantia que era alguma alma do outro mundo, uma alma penada qualquer.

Minha mãe puxou minha avó, morria de medo de gente morta. Enquanto a pessoa estava viva, minha mãe era ótima de papo, amiga de toda hora. Mas bastava a pessoa fechar os olhos para sempre que passava para uma lista muito particular que minha mãe tinha, a lista das pessoas mortas.

Ficar sozinha em casa, jamais. Dormir, só de cabeça coberta. Nem minha mãe, nem minha avó eram capazes de sozinhas buscar um copo d'água na cozinha. E, quando criavam coragem e iam, voltavam voando. Era um medo do escuro de arrepiar.

– Vi Osvaldo na cozinha!

A gente levava a sério e ia ver se Osvaldo estava mesmo lá. E nada. Meu pai ainda brincava.

– Osvaldo! Osvaldo! Vamos tomar uma cervejinha?

Isso deixava minha mãe furiosa porque ela não gostava nem um pouco de brincar com a alma dos outros, com quem já tinha morrido.

Na casa da rua Esmaltina, a luz do banheiro sempre ficava acesa a madrugada inteira. Na calada da noite minha avó levantava para ir ao banheiro sempre com uma vela para iluminar o caminho. Voltava para a cama e acordava o meu avô.

– Acho que Zinhoca está lá no banheiro!

Muita gente tinha medo de assombração, não eram só minha mãe e minha avó, não.

– Quando você estiver com medo de alguém que já morreu, reze um pai-nosso e três ave-marias. E nós fazíamos isso toda vez que presentíamos que tinha um morto por perto nos rondando.

– Doutor Asplênio! Dona Anita! Seu Aurino!

Imaginávamos que os mortos voltariam só mesmo para nos assustar. Não diriam nada, apenas nos olhariam com aquele olhar de gente morta, enrolados numa camisola branca e um véu na cabeça. Parecendo uma assombração mesmo.

26

ELA FALA MAIS QUE AGULHA DE VITROLA

Eu tinha uma tia que falava sem parar dizem as más línguas da família que ela já nasceu falando foi só sair da barriga da mãe dela que danou a falar e não parou nunca mais na verdade eu não me lembro nunca de ter visto essa minha tia quieta num canto calada e quando ela falava a gente tinha a impressão que era sem vírgula sem ponto-e-vírgula sem exclamação se bem que de vez em quando colocava um ponto de interrogação no final da frase mas logo engatava uma resposta ou então mudava de assunto talvez quando a minha tia colocava a cabeça no travesseiro ela ficava muda mas como eu nunca a vi com a cabeça no travesseiro fica difícil afirmar que ela não falava enquanto dormia e o pior de tudo era quando ela ia ao cinema e sentava na poltrona já comentando que a pipoca estava salgada criticando todas as publicidades que entravam antes do filme e reclamava sem parar dos documentários do Primo Carbonari e a cada lance do *Canal 100* ela se mexia na cadeira esticava as pernas ajeitava o cabelo logo minha tia que não entendia nada de futebol ficava ali falando do Pelé do Coutinho do Zagalo do Didi e quando começava o filme e fazia aquele silêncio dentro da sala de exi sbição mesmo assim ela continuava falando comentando cada cena do filme e perguntando por que por que e por que e quando o filme era mudo era ainda pior porque só ela falava naquele ambiente e é por isso que minha mãe nunca mais foi ao cinema com essa minha tia que não parava de falar um minuto nem mesmo quando aparecia o the end aí era quando ela começava a comentar o final do filme que vira meu deus do céu essa minha tia falava mais que agulha de vitrola.

27

ELA ANDA TÃO JURURU

Com certeza o mundo era mais simples e nele não cabia depressão, não cabia estresse. Na verdade cabia, mas não existiam esses nomes no *Aurélio* porque nem mesmo o *Aurélio* existia.

A gente ficava jururu.

A gente ficava jururu quando levava segunda época em química, quando amanhecia chovendo no sábado, quando levava um pé na bunda da namorada ou um chega-pra-lá da candidata a namorada, a paquera.

Eu mesmo levei um pé na bunda um dia e nunca mais esqueci. Dancei a noite toda com uma menina a música "Hey Joy" ao som de Johnny Rivers e quando foi no dia seguinte – o meu *day after* – criei coragem e liguei pra ela convidando-a para ir ao cinema. A resposta foi um pé na bunda:

– Eu vou passar o dia no Clube Campestre!

A gente ficava jururu quando chegava janeiro e não viajávamos para a praia. Passávamos o verão inteiro confinado entre as montanhas sonhando com o mar. Aí, sim, ficávamos muito jururus.

O avô da gente doente também deixava a gente jururu. Ele que era tão animado, sempre com histórias para contar, de repente estava ali na cama deitado, ardendo em febre e ninguém sabendo o que ele tinha. Isso deixava a gente jururu como jururu ficávamos quando o América Mineiro perdia do Metalurzina ou quando acabava a luz bem na hora do beijo de Albertinho Limonta e Isabel Cristina na novela *O direito de nascer.*

Ficávamos jururus quando morria um pombo-correio da nossa criação, quando o disco dos Beatles arranhava, quando abríamos a geladeira e percebíamos que comeram todos os morangos que estavam naquela caixinha comprada no Mercado Central e que naquele pote Sorvex da Kibon guardado no congelador na verdade tinha feijão.

Nos anos 30 Tom Jobim era ainda criança e deixava de lado os brinquedos, largava tudo mesmo, quando a Rádio Mayrink Veiga anunciava o programa do Bando da Lua, cujo prefixo dizia assim:

Lalá, Lelé, Lili, Loló, Lulu
Amei Lalá
Mas foi Lelé que me deixou jururu
Lili foi má
Agora só quero Lulu

28

QUEM VEIO PRIMEIRO: O OVO OU A GALINHA?

A redatora Alice Kaswell, da revista *Annuals of Improbable Research*, acordou animadíssima com a ideia que teve. Redatores de revistas científicas costumam acordar realmente muito animados quando, no meio da noite, vem uma ideia luminosa.

Era um dia particular para Alice, que dormiu na cidade de Cambridge, nos Estados Unidos. Ela saiu de casa com duas caixas idênticas, medindo mais ou menos 50 centímetros de largura por 50 centímetros de comprimento. Caixas lindas, dessas de embalagens internacionais.

Numa delas, Alice colocou uma galinha viva. E na outra, muito bem embalado, um ovo. Alice saiu dirigindo muito aquém da velocidade permitida pelo Departamento de Trânsito de Cambridge. Fez curvas cuidadosas e, mesmo nas retas, não ousou pisar fundo no acelerador de seu carro. Não queria que o ovo se quebrasse nem que a galinha se estressasse.

Nada disso aconteceu. Alice estacionou seu automóvel na porta da principal agência de correios da cidade, dessas que despacham todo tipo de encomenda para os mais absurdos lugares do mundo.

Caminhando vagarosamente Alice chegou a um balcão onde foi muito bem atendida. Ela queria despachar aquelas duas caixas, ao mesmo tempo, para a Agência Central dos Correios de Nova York. E assim fez. As duas caixas seguiram para Nova York com o carimbo registrando a mesma hora, o mesmo dia, o mesmo local.

Alice voou para Nova York e passou a viver uma grande expectativa. Ficou ali plantada na agência dos correios esperando as duas caixas postadas em Cambridge. A agência funciona 24 horas por dia, sete dias da semana. Alice ficou ali até que finalmente a primeira caixa chegou.

Era a da galinha. Alice continuou de plantão no correio à espera do segundo *colis*, que acabou chegando 11 horas depois. Exausta, Alice voltou para Cambridge e foi direto para a redação da *Annuals of Improbable Research* e escreveu um brilhante artigo intitulado "A galinha veio primeiro que o ovo!", acabando de uma vez por todas com a velha polêmica.

29

AINDA NÃO GANHEI FOLHINHA ESSE ANO

Laurita tinha uma verdadeira paixão pelo primeiro dia do ano. O 1º de janeiro para ela era o melhor dos 365 dias. Acordava bem cedo, ainda noite, e antes de colocar os pés no chão queria ter a certeza de que o primeiro a tocar o assoalho de madeira corrida daquela casa em Ponte Nova era o direito.

– Vamos começar o ano novo com o pé direito!

No dia 31 de dezembro Laurita deixava ervilhas frescas de molho na água para preparar no dia 1º um inesquecível arroz com lentilhas e cebola frita. Antes do almoço ia à missa, confessava e comungava. Isso era sagrado. E era assim que Laurita começava o seu ano novo, andando com fé e comendo lentilhas para dar sorte. E olha que dava.

Mas o melhor da festa era esperar por ela. Laurita tinha um xodó especial pelo primeiro dia do ano, mas, na verdade, gostava de todos, um por um, de 1º de janeiro a 31 de dezembro. Cada dia para ela era um acontecimento que ia sendo acompanhado numa folhinha que ficava dependurada atrás da porta da cozinha.

Laurita era maluca por folhinhas.

Aquela que passava os 365 dias do ano atrás da porta da cozinha era uma folhinha simples, mas da qual ela gostava mais porque todos os dias cedo tinha de arrancar a página do dia que se fora. O prazer de Laurita era ver todo dia um novo número ali, dependurado na porta da cozinha.

A folhinha preferida de Laurita era essa porque trazia na parte de trás o santo do dia: Estevão, Hipólito, Agostinho, Jacinto, Raimundo Nonato. Domingo e feriados eram dias muito especiais para ela porque os números eram em vermelho, diferentes dos pretos dos dias úteis.

A excitação de Laurita começava nos primeiros dias de dezembro, quando as folhinhas passavam a ser distribuídas como brinde pelo dono do mercadinho, da farmácia, do açougue da cidade onde morava, uma cidade do interior, Ponte Nova, como já disse.

– Ainda não ganhei folhinha esse ano! –, dizia ela antes de pedir o pão na padaria, o remédio para a pressão na farmácia, o meio quilo de patinho no açougue.

Entrava ano, saía ano tinha aquelas folhinhas com donas-de-casa molhando o jardim bem americano, com aquele cachorro saltitante tentando atingir a água que vinha da mangueira. Eram loiras com olhar ingênuo vestindo camisa xadrez e chapéu de palha e as folhinhas temáticas: automóveis, flores, animais, artistas de cinema.

No dia em que dependurava a folhinha dos santos atrás da porta da cozinha, Laurita fazia questão de duas coisas: ver que dia do ano cairia o seu aniversário e se fevereiro tinha 28 ou 29 dias.

30

QUER SER TESTEMUNHA DE JEOVÁ?

O movimento religioso conhecido por Testemunhas de Jeová assume-se como uma religião cristã não trinitária. Juram adorar exclusivamente a Jeová e consideram-se seguidores de Jesus Cristo. Possuem adeptos em 236 países e territórios autônomos, ascendendo a mais de 6,9 milhões de praticantes, apesar de reunirem um número muito superior de simpatizantes.

Creem que a sua religião é a restauração do verdadeiro cristianismo, mas rejeitam a classificação de serem fundamentalistas no sentido em que o termo é comumente usado. Afirmam basear todas as suas práticas e doutrinas no conteúdo da *Bíblia*.

Está no Wikipédia!

As Testemunhas de Jeová iniciaram suas atividades nos tempos modernos por meio de Charles Taze Russell, a partir da década de 70 do século XIX. Foi na década de 60 do século passado que eles desembarcaram no bairro de Santa Tereza, em Belo Horizonte.

Nós, que passávamos o domingo na casa do meu avô na rua Hermílio Alves, não sei por que morríamos de medo das Testemunhas de Jeová. Não que elas metessem medo, mas atravessávamos a rua quando víamos uma na esquina mostrando página por página da revista A *Sentinela*.

As Testemunhas de Jeová não ficavam só nas ruas buscando novos seguidores, batiam de porta em porta, e quando tocavam a campainha da casa do meu avô a gente se fazia de morto, não abria a porta, não dava um pio enquanto elas não fossem embora.

– Você quer ser Testemunha de Jeová?

Eu nem respondia e apressava o passo porque não tinha o menor interesse em encarar a religião como meu modo de vida. Não queria adorar exclusivamente a Jeová, já que adorava tantas outras coisas neste mundo.

Nos anos 70, enquanto Roberto Carlos cantava um de seus grandes sucessos que dizia assim:

Jesus Cristo
Jesus Cristo
Eu estou aqui!

Juca Chaves, que vivia fazendo paródias das músicas, fez uma outra:

Jeová
Jeová
Olha também pra mim que eu estou mais pra lá do que pra cá.

Mas eu perdi mesmo o medo das Testemunhas de Jeová quando duas delas bateram na porta da minha casa, que ficava bem longe do bairro de Santa Tereza, e o meu pai atendeu.

– O senhor quer ser Testemunha de Jeová? –, perguntou a senhora.

E o meu pai respondeu na lata:

– Eu não! Eu nem vi a briga!

31

PEGUEI O BONDE ANDANDO

Pegar o bonde andando era chegar no meio de uma conversa e tentar entender o que a rodinha estava discutindo. Fosse uma coisa séria, uma equação do segundo grau, os dez mandamentos ou simplesmente uma fofoca.

– Explica de novo porque eu peguei o bonde andando!

Mas história boa mesmo de bonde andando aconteceu com o meu tio Zezé, aquele que foi o primeiro brasileiro a passar por uma experiência única com um comprimido de Alka-Seltzer. Quando a novidade chegou ao mercado, ele, que morava em Juiz de Fora, foi correndo a uma farmácia na rua Hallfed comprar um pacotinho, já que vivia reclamando de azia e má digestão.

Ao chegar em casa achou um pouco exagerado o tamanho daquele comprimido, mas não pensou duas vezes. Encheu um copo de água mineral São Lourenço sem gás, colocou o comprimido de Alka-Seltzer na boca e tentou engolir. Foi um sufoco. Minha tia Helena quase enfartou quando viu o marido espumando até pelos ouvidos. E, quanto mais ele espumava, mais água ele bebia tentando engolir o comprimido gigante. Foi assim que ele aprendeu que era preciso dissolver o Alka-Seltzer num copo d'água.

Mas essa ainda não é a história do bonde andando.

A história do bonde andando aconteceu quando o meu tio Zezé se casou com a minha tia Helena e os dois foram passar a lua-de-mel em Belo Horizonte, na casa dos meus pais. Um mês antes o quarto de hóspedes já estava preparado para recebê-los. Lençol de linho branco na cama, toalhas Artex de primeira qualidade bordadas "Ele" e "Ela" e um criado-mudo com um abajur *art déco* com uma lâmpada de 20 velas, bem romântico.

No primeiro dia em que os dois saíram para passear foram ao centro da cidade. O meu pai os deixou na avenida Afonso Pena, esquina com a avenida Amazonas. Eles viram um bang-bang no Cine Brasil e depois fizeram um lanche nas Lojas Americanas. Na volta, resolveram pegar o bonde. A minha tia usava uma saia muito justa, a última moda.

Quando foi subir no bonde, não havia Cristo que a fizesse subir. A saia, muito justa, mal dava para ela levantar os delicados pezinhos. O meu tio não pensou duas vezes. Voltou às Lojas Americanas, comprou uma tesoura e cortou a saia de tia Helena de cima a baixo. Foi assim que ela, muito encabulada, subiu no bonde e chegou até o bairro do Carmo na maior saia-justa.

Quando minha mãe perguntou se ela tinha passado muito vexame, minha tia Helena disse:

– O pior da história é que eu peguei o bonde andando!

32

TEM DE DECORAR A TABUADA

Dois vezes dois, 4. Quatro vezes quatro, 16. Sete vezes sete, 49. Oito vezes oito, 64. Esses números redondos quase todos sabiam. Nove vezes nove, 81! Agora, pra saber seis vezes nove era preciso multiplicar seis vezes dez, 60, e tirar seis para dar o resultado: 54! Fazia conta assim quem não tinha decorado a tabuada.

Decorar a tabuada era uma questão de sobrevivência. Quem não soubesse que sete vezes oito era 56 estava frito. Saber somar, diminuir, multiplicar e dividir era obrigação e pra saber todas as contas era preciso decorar a tabuada.

Péricles era o único da escola que sabia de cor e salteado a tabuada. De um vezes um a nove vezes nove. Péricles era um crânio e ninguém nunca descobriu como ele conseguia somar, diminuir, multiplicar e dividir com tanta facilidade. Péricles não tinha a menor dúvida.

– Sete vezes nove!

E ele respondia na lata:

– Sessenta e três!

Não havia calculadora de bolso e se houvesse não seria permitida sua entrada em uma sala de aula. Escrevíamos toda a tabuada num pedaço de cartolina e levávamos para casa para decorar.

Não só ficávamos recitando aquela ladainha o dia inteiro como chegávamos a inventar música para cantar:

– Cinco vezes cinco, 25!

– Seis vezes seis, 36!

E quando chegava o dia da arguição era preciso estar afiado. Era prova oral, o que é pior. O professor chamava um a um e começava pelo mais fácil:

– Dois vezes dois!

Depois ia dificultando:

– Quatro vezes oito!

– Cinco vezes nove!

Nas provas escritas, enfiávamos a mão debaixo da carteira para contar nos dedos, o que era um vexame para todos nós quando o professor mandava colocar as mãos em cima da carteira.

– Contando nos dedos? –, dizia o professor.

O único que não contava nos dedos era Péricles. Mas também com um nome desses...

33

VAMOS À MISSA DO GALO

O Natal na minha casa começava nos primeiros dias de dezembro, quando o meu pai pegava os balaios e ia ao Mercado Central da cidade onde vivíamos. Quando ele voltava com eles cheios de figos e pêssegos verdes era sinal de que dezembro havia chegado e o Natal vinha aí.

Os balaios iam direto para a despensa e ali ficavam durante dois dias, até que minha mãe vestisse um avental, passasse a mão numa faca afiada e começasse a descascá-los um por um. E eram muitos. Os pêssegos ela descascava e o figo apenas tirava o talo e dava um pequeno corte no meio. Passava horas e horas naquele trabalho quase mecânico.

No final do dia, várias bacias de pêssegos e figos verdes estavam cheias. As frutas prontas para ir para a panela, acompanhadas de uma tonelada de açúcar. Aquela alquimia durava horas no fogão e, quando o doce estava pronto, ia sendo colocado em potes de vidro para esfriar, curtir um pouco.

Quando via aquela fileira de potes de vidro cheios de doces era porque o Natal estava chegando mesmo.

Enquanto o meu pai armava o presépio, minha mãe montava a árvore com bolas vermelhas, fitas prateadas e algodão para imitar neve. A casa começava a ser toda decorada. Enfeites de papelão colorido escrito "Boas Festas" e "Feliz Natal" eram espalhados pela casa inteira. Quando o meu pai batia o prego na porta da entrada e dependurava a guirlanda com os dizeres "Happy Christmas!" que comprara na América do Norte, aí sim, era porque estávamos em pleno Natal.

Lá do fundo do baú ele tirava os discos empoeirados com todas aquelas canções inesquecíveis. Para mudar o ritmo, num desses natais ele comprou um disco de vinil que tinha uma capa amarela e o desenho de um papai noel dançando twist. *Natal Bossa-Nova* era o nome do disco, mas as canções eram as mesmas, só que com um ritmo moderno, bem iê-iê-iê.

Quando a noite de Natal chegava colocávamos os sapatos engraxados perto da árvore na certeza de que o bom velhinho não falharia. Os sapatos eram os mais novos que tínhamos, alguns de verniz.

A ceia na mesa era sinal de fartura. Leitão assado, peru, rabanadas, panetone, castanhas, nozes, avelãs e os potes de doces de figo e pêssego frescos.

Quando tudo estava pronto, mas pronto mesmo, o meu pai dava a ordem:

– Vamos à Missa do Galo!

A Missa do Galo era rezada na Igreja do Carmo por frei Benigno e era diferente de todas as missas que ele rezava durante o ano, era mais pomposa. A igreja ficava coberta de flores e um coral ao lado do altar entoava canções de Natal no ritmo gregoriano.

– Noite feliz... noite de amor!

A Missa do Galo começava pontualmente à meia-noite e demorava a acabar. Só muitos anos depois que começamos a assistir à Missa do Galo pela televisão, rezada pelo papa na Basílica de São Pedro.

Uma beleza a Missa do Galo que os torcedores mais fanáticos sempre acharam ser em homenagem ao Atlético Mineiro.

34

VIRA O DISCO!

Quando ficou velha a minha avó passou a contar dois casos antigos de sua vida, sempre os mesmos. O primeiro era a história do angu. Na sua juventude, muito pobre, não tinha dinheiro para comer carne todos os dias. Ficava apenas no básico: arroz, feijão, farinha, mandioca frita, verduras que colhia no quintal e frango aos domingos.

O angu ela guardava para os dias em que o vizinho um pouco mais abonado comprava uma linguiça calabresa especial no armazém do seu Mário, num tempo em que ninguém perguntava Mário, que Mário?

Quando chegava a hora do almoço e ela sentia o cheiro da cebola, o cheirinho da linguiça fritando na panela, corria até a despensa e pegava o fubá. Fazia um angu rápido mexendo sem parar para não empelotar.

Pronto o angu, ela colocava na mesa da sala de jantar e abria todas as janelas da casa. Fechava os olhos e comia aquele angu puro sentindo o cheirinho da linguiça calabresa com cebola frita. A fome só passava quando o angu terminava e o cheirinho da linguiça calabresa se perdia no ar.

O segundo caso que ela contava era bem mais antigo, quando tinha 7 anos de idade, e o almoço foi posto na mesa. Tinha arroz, feijão, frango caipira e jiló. Quando ela viu aquele travessa de jiló na mesa, caiu na bobagem de dizer em alto e bom som:

– Jiló eu não como!

O pai, que era muito severo, foi à cozinha e preparou uma panelada de jiló, daqueles bem amargos, e trouxe fumegando para a mesa. Colocou na frente dela e disse uma única palavra:

– Coma!

E ela foi obrigada a comer tudo, engolir um por um. Sempre que se falava em comida lá vinha ela com esses dois casos. Às vezes contava primeiro o caso do angu e depois o do jiló. Às vezes invertia. Primeiro vinha o caso do jiló e depois o do angu.

Um dia, o meu avô, já meio ranzinza e enjoado desses dois casos, ficou bravo e disse:

– Pelo amor de Deus! Vira o disco!

Ela ficou um pouco chateada porque achava aquelas duas histórias interessantes, mas pensou, pensou, pensou e começou a contar uma história nova que não lembro agora qual era, mas também tinha jiló no meio.

35

FIQUEI ENCAFIFADO

Quando o sex pistol John Lydon era apenas um garoto que amava os Beatles e os Rolling Stones, estudava numa rigorosa escola inglesa. E foi nessa rigorosa escola inglesa que um dia uma rigorosa professora chegou à classe e determinou que aquele seria um dia de redação. Sem pestanejar, ordenou: são 60 linhas e o título é "O Albatroz".

O pobre John Lydon arregalou os olhos e ficou com os cabelos ruivos de pé. Mesmo sem ter a menor idéia do significado da palavra albatroz, resolveu aceitar o desafio de escrever absurdas 60 linhas numa folha de papel almaço sem deixar muito claro que não sabia o que era um albatroz, ave procelariforme, oceânica e migradora, da família dos diomedeídeos. John Lydon viajou no texto. Quem sabe escreveu coisas assim?

Que Deus ou diabo teria inventado um nome assim? Albatroz! Teria um albatroz o poder de destruir, aqui e agora, sobre a carteira escolar, nossos projetos para o ano novo? Teria um albatroz a força para, de repente, estancar a hemorragia cotidiana de nossas metrópoles? Teria ele a magia de se passar por um camaleão, enganando gregos e troianos? Sempre acreditei em albatrozes, desde pequeno. Mas nunca tive coragem de chegar perto, passar a mão, sentir o cheiro. Bobagem, sei que é bobagem.

Outro dia sonhei com um. E acordei assustado no meio da noite, com a idéia de sair andando, andando e chegar, um dia, em Paris, Texas. Só para encontrar um albatroz no meio do caminho mesmo sabendo que não há albatroz num deserto tão árido. E se eu me aproximasse de um e gritasse que durante anos e anos tenho procurado um amor que perdi na adolescência? O que aconteceria? Qual seria sua reação? Teria um albatroz a capacidade de acreditar que vamos lutar até o fim? E, se a plenitude e a morte coincidissem um dia, o que aconteceria? Albatroz será sempre um albatroz, obedecendo à lei da natureza, mas pouca coisa ele poderá fazer para nos salvar.

A professora foi implacável e deu zero para a redação. Mas, anos depois, John Lydon também foi implacável em sua vingança. Em 1979 gravou um disco, o *Second Edition*, e para abrir o disco compôs uma canção contundente, significativa para o mundo do punk-rock, que dedicou a sua antiga e rigorosa professora. A canção se chama "Albatroz".

Eu fiquei encafifado. Será que a professora de John Lydon ouviu a canção e se lembrou da história?

36

FALOU, AMIZADE!

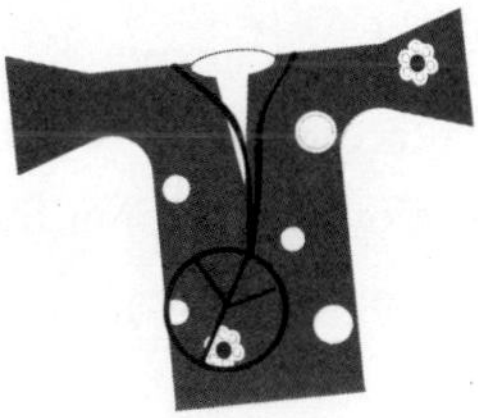

Com um par de tamancos suecos, uma calça vermelha e um casaco de general fui descendo por todas as ruas e peguei aquele velho navio. Cheguei a habitar uma casa ecológica virtual, toda feita de madeira crua, em que a luz e a água quente vinham do sol. Deixei de ver televisão, de comer enlatados, produtos industrializados e, na minha cabeça, criava cabras leiteiras, uma dúzia de galinhas Leghorn e um galo Rhode, lindo, lindo, que me acordava todas as manhãs com o seu cocoricó.

Acordávamos com um sol frio ali naquele pequeno espaço em pleno Quartier Latin. O café era orgânico, servido sobre uma toalha estendida no chão. A geléia de laranja amarga era feita em casa e o pão era preto e com fibras. Foi ali naquele espaço três por quatro que descobrimos o cappuccino, colocando numa xícara um pouquinho de café, chocolate, açúcar mascavo e água fervendo. Na janela embaçada pelo suor escrevíamos nossa poesia de cada dia: "É uma mulher madura/como a amarga fruta/uma mulher pura/como a mistura/calma como a loucura/mansa como a força bruta/minha como tua".

Um dia nos juntamos aos primeiros hippies que desembarcaram na Praça Dam, no centro de Amsterdã, enrolados em cobertores, mochilas nas costas, um violão debaixo do braço e um pastor alemão, amigo de todas as horas. Os cabelos eram compridos, rebeldes, alguns coloridos. Mergulhamos na literatura beatnik de Jack Kerouac, Allen Ginsberg e William Burroughs. Devoramos a prosa de John Fante e os poemas de Walt Whitman e Julian Beck. Foram as primeiras canções de Denny Doherty que embalaram aqueles corpos cheios de paz e amor.

Em Copenhague, ficamos em Christiania, uma comunidade no coração da capital. "Bem-vindo à comunidade livre de Christiania", dizia uma colorida placa de madeira na entrada daquele mundo, mundo feito de sonhos, ilusões, drogas, sexo e rock and roll.

Nunca me esqueci da barbearia, da casa de jazz, das hortas, das casas cheias de cor, da fábrica de pão, dos cachorros vadios e das bicicletas espalhadas pelas vielas de Christiania.

Líamos *La Gueule Ouverte* e *Le Sauvage*, ouvíamos Frank Zappa, Grateful Dead, Marc Bolan, Janis Joplin e Jimi Hendrix. Abolimos a cesariana, a peridural e o fórceps em nome do parto natural. Praticamos muita shantala, dormimos muito em tatames, tocamos muita air guitar com Ravi Shankar. E, quando alguém dizia alguma coisa certa ou errada, só dizíamos uma coisa.

– Falou, amizade!

37

VOLTANDO À VACA FRIA

Sizenando devia a Max cem cruzeiros, dinheiro que pedira emprestado para comprar um colchão, um travesseiro, um lençol e uma fronha porque na república onde ia morar não havia móveis, não tinha nada. A promessa era que no prazo de um mês a dívida seria quitada, sem juros.

O colchão, o travesseiro, o lençol e a fronha realmente foram comprados e colocados no chão da república onde Sizenando foi morar. Mas os dias foram passando e ele não tinha como conseguir cem cruzeiros para pagar Max.

De noite, os estudantes se reuniam para tomar cerveja num bar que ficava na esquina da cidadezinha histórica onde moravam. Uma, duas, três, algumas. E toda vez que Max tocava no assunto dos tais cem cruzeiros Sizenando mudava de assunto. E Max insistia:

– Voltando à vaca fria, você está lembrando que dia 8 de abril vence o prazo para você quitar os cem cruzeiros que me deve?

Sizenando era sempre salvo pelo gongo. Ora era uma mulata assanhada com uma bunda enorme que passava na calçada e ele ia logo comentando:

– Viu que bunda?

O assunto virava mulher e todos discutiam quem era a mais gostosa da turma, quem estava a fim de quem, quem era a mais galinha, a virgem, a santinha, a santinha do pau oco.

Mas, quando o assunto esfriava e vinha aquele silêncio, Max virava para Sizenando e dizia:

– Bem, voltando à vaca fria...

E Sizenando, percebendo que o assunto voltaria a ser os cem cruzeiros, reagia.

– Tenho certeza que domingo o galo perde! O assunto futebol tomava conta da mesa, até briga saía. Cruzeirenses, atleticanos e americanos com os ânimos exaltados levantavam e faziam gestos ofensivos, cara de que o pau ia comer.

Se Sizenando pagou Max, até hoje não sei.

Na churrascaria Plataforma, no Rio, o papo era diferente. Tom, Chico, Vinicius, Carlos Lyra, todos conversavam animadamente num papo que começava à tarde e muitas vezes só terminava altas horas. Alguns dias a festa parecia não ter hora para acabar.

Toda vez que Tom Jobim queria voltar a um assunto, ele dizia:

– Going back to the cold cow…

38

ATÉ AÍ MORREU NEVES

Não fui ao enterro, não vi anúncio convidando para a missa de sétimo dia, ninguém de luto, ninguém chorando, mas uma coisa era certa: morreu Neves!

Não adiantava vir com papo sem novidade, com enrolação, que lá vinha alguém e repreendia:

– Até aí morreu Neves!

Essa palavra de ordem significava simplesmente: quero novidade!

Em 1970, o cantor e compositor Wilson das Neves lançou pela gravadora Elenco um disco chamado *Até aí morreu neves*. Na época, achei que era um disco póstumo, mas qual o quê! Wilson das Neves estava vivinho da silva, tocando músicas no embalo que adorava: "Essa moça tá diferente", de Chico Buarque, "Raindrops keep fallin' on my head", "Come together" e até "Bebete vãobora", de Jorge Ben.

Jorge Ben também compôs uma música chamada "Até aí morreu Neves", que dizia assim: "Pois um dia há de chegar a sua hora/Vai cantar vai brincar sem fantasia/Você vai chorar de alegria, pois ela vai voltar/Pra alegrar o seu coração/Malandro que é malandro não se estoura não/Porque até aí morreu Neves/Até aí morreu Neves/ Devagar malandro devagar cuidado/Afobado come cru devagar se vai ao longe/Afobado come cru".

Mas, afinal, quem era esse tal Neves de que todos falavam? Seria o Tancredo?

Alguns acreditam que Neves, como Elvis, não morreu. Já o escritor Mário Prata tem outra explicação:
"Joaquim Pereira Neves, assessor do padre Feijó, teve uma morte horrível, sendo decapitado por índios. Não se falava mais nada na

capital a não ser da morte do Neves. Encheu tanto o saco que as pessoas começaram a dizer: 'Até aí morreu Neves!'"

Mas acho que isso é conversa pra boi dormir.

39

DEPENDUROU AS CHUTEIRAS

Quando nasci ele acabara de completar 2 anos. Já construía algumas frases e certamente se lambuzava com aquele mingau de Cremogema que minha mãe preparava todas as noites. Tinha as orelhas de abano e já havia passado por uma doença chamada escarlatina, que quase o matara. Não sei se fui muito bem recebido quando cheguei, dividindo com ele um dos quartos da casa.

Quando ele tinha 9 anos e eu 7 andávamos vestidos iguais. Camisas de algodão compradas nas Casas Rolla, meias Lupo de seda e sapatos Vulcabrás. Foi nessa época que começamos uma grande criação de pombos. Depois vieram os porquinhos-da-índia, os passarinhos e, mais tarde, os coelhos.

Aos 10 anos ele faturava todas as medalhas de ouro na festa de fim de ano do Colégio Marista. Era ouro em Português, Matemática, Língua Pátria, História, Geografia, Trabalhos Manuais e até Educação Física, apesar de nunca ter dado um chute numa bola.

Aos 11 anos fizemos a primeira arte juntos. Subimos numa árvore munidos de pedras e tijolos e começamos a jogar nas galinhas que passavam, ferindo algumas gravemente.

Aos 12 ele inventou uma engenhoca que desligava, ao mesmo tempo, a luz do quarto e um velho rádio GE em que escutávamos os comentários de Cafunga debaixo das cobertas antes de dormir. Era só puxar o barbante que o rádio desligava e a luz se apagava.

Aos 13 ganhou a primeira calça Lee, presente que o meu pai trouxe para ele lá da América do Norte.

Tinha ele 14 anos quando começou a namorar. Ela se chamava Maria Marcelina Paixão e morava em Leopoldina.

Aos 15 colecionava revistinhas *FBI*, usava um topete igual ao do Elvis e ouvia discos do Lafayette e sua orquestra.

Aos 16 comprou um rádio de pilha com uma capa de couro e vivia coladinho nele. Na hora do banho, o radinho ficava dependurado no registro de água, sempre sintonizado nos programas de esporte.

Aos 17 já tinha onde cair morto. Acredite se quiser, comprou um túmulo no Parque da Colina! Preço de lançamento, uma pechincha.

Aos 18 tirou carteira de motorista e comprou o primeiro carro, um fusca branco que atropelou um cavalo na BR-3 no dia seguinte.

Aos 19 começou a ser uma pessoa extremamente organizada. Seus cabides no armário eram numerados, suas camisas milimetricamente dobradas. Só lia revistas na ordem, página por página. Da carta ao leitor à crônica final.

Aos 20 anos foi trabalhar com cérebro eletrônico.

Aos 21 começou a ficar careca e comprou uma escovinha de plástico para pentear. Diziam que ela não deixava o cabelo cair. Em vão.

Aos 22 começou a escrever cartas. Recebi exatamente 123 durante o meu exílio em Paris.

Depois disso nos distanciamos um pouco. Eu morava numa cidade, ele em outra. Ele levava sua vida, eu a minha. Ele se casou, descasou, teve três filhos. Eu a mesma coisa, só que quatro.

Outro dia ele me mandou um e-mail curto e grosso:

Aposentei!

Não acreditei muito, liguei para ele e era verdade. Meu irmão não trabalha mais, dependurou as chuteiras apesar de nunca ter dado um chute numa bola.

40

DESAFOGANDO AS MÁGOAS

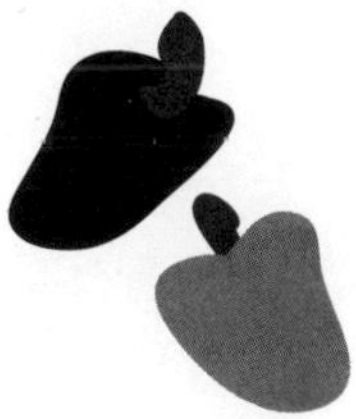

Brasília era só poeira vermelha quando eu, menino ainda, me apaixonei por Deyse, uma moreninha que morava no bloco 2 da Superquadra 405 Sul.

Eu estudava na parte da manhã e Deyse na parte da tarde. Só era possível vê-la no finalzinho da tarde, quando ela voltava da escola segurando uma pasta azul-marinho e alguns cadernos nas mãos.

Deyse era sem a menor sombra de dúvida a menina mais linda do planalto central do Brasil. Tinha o rosto perfeito, os cabelos pretos bem lisos, os dentes branquinhos, um sorriso Colgate.

Eu sabia que o pai de Deyse trabalhava no *Jornal do Brasil* numa época em que o símbolo do *Jornal do Brasil* era um elefantinho. Como eu sonhava ser jornalista um dia, foi assim que me aproximei de Deyse.

O problema maior naquela Superquadra 405 Sul era que no bloco 3 morava o Adalberto, por quem Deyse, eu sabia, era apaixonada. Adalberto era um garoto loiro e uns 15 centímetros maior que eu. Talvez por isso Deyse preferisse o Adalberto ao Alberto.

Fiz de tudo para chegar perto dela. Organizei corridas de carrinhos de rolimã, campeonatos de quatro cantos, de queimada, de vôlei. E nada.

Deyse era linda demais e não era nada fácil. Foram poucas as vezes em que cheguei a trocar algumas palavras com ela, coisa do tipo "você gosta de ir ao cinema?"

Deyse era carioca e a qualquer momento poderia deixar Brasília e voltar para o seu Estado, que ainda chamávamos de Guanabara. O meu coração batia acelerado quando alguém dizia que o pai da Deyse ia voltar a trabalhar na sede do *Jornal do Brasil* no Rio de Janeiro.

Um dia eu criei coragem e liguei para a casa da Deyse e pedi para falar com ela. Tremia tanto que achei foi bom ela não estar. Foi uma voz grossa que respondeu, acho que era o pai dela, o tal jornalista do *JB*.

Depois do telefonema desci os 34 degraus e coloquei os pés na Superquadra 405 Sul, e dei de cara com Deyse conversando com Adalberto entre os pilotis do bloco 2. Saí andando pelo mato rumo à 406 Sul, porque naquela época tinha muito mato em Brasília. Na 406 Sul tinha muitos pés de caju, bem baixinhos e repletos de frutas. Como eu adorava caju, saí catando um por um e colocando num saco de papelão.

Hoje, tantos anos depois, é que tenho certeza que aquele tempo todo que passei colhendo cajus na 406 Sul eu estava na verdade era desafogando as mágoas.

41

VÁ CHUPAR PREGO!

Meu tio João era uma pessoa impecável da cabeça aos pés. Usava brilhantina da melhor qualidade, da marca Myrurgia, que nunca deixava seus cabelos desalinhados. A camisa era sempre social azul-clara e a calça de gabardine. Nos pés, meias Lupo de seda e sapatos Clark, o que tinha de mais chique na época. Os lenços também eram de linho bordados com as iniciais JV.

Meu tio João não era só elegância. O meu tio João era um tipo inesquecível. Nunca casou, nunca teve filhos e nós nunca soubemos o que ele fazia para sobreviver. Vivia no circuito Rio de Janeiro, Cataguases e Juiz de Fora.

Gostava de ópera, tinha uma verdadeira paixão por *Aída*, de Verdi. Mas gostava também dos boleros de Altemar Dutra e dos tangos de Carlos Gardel. Sabia de cor as canções "Adiós muchachos", "El dia que me quieras", "La cumparsita" e "Rosas de otoño". Música popular brasileira para ele era mesmo só os boleros de Altemar Dutra. Adorava cantarolar no banho "Que queres tu de mim" e o hit "Sentimental eu sou".

Meu tio João gostava também de mandar os sobrinhos pentear macaco, lamber sabão, catar coquinho e chupar prego.

Quando alguma pestinha começava a algazarra dentro de casa, a atazanar sua cabeça, ele não pensava duas vezes e soltava o verbo:

– Vá chupar prego!

E ainda ironizava:

– Pode escolher! Com cabeça, sem cabeça, galvanizado, anelado, ardox ou quadrado!

Um dia ele aprendeu com alguém uma variação e passou a dizer o seguinte:

– Quer saber de uma coisa? Vá chupar parafuso até virar prego.

Meu tio João não era fácil!

42

TEM GENTE!

As casas eram enormes, tinham sala, copa, cozinha, três ou quatro quartos espaçosos, despensa e um banheiro com banheira, bidê e lugar até mesmo para colocar um cesto de roupa suja de todo tamanho.

As famílias também eram numerosas. Pai, mãe, quatro, cinco filhos, empregada e sempre uma avó viúva ou uma tia que nunca se casou, encalhou.

Mesmo com todo esse movimento dentro de casa, todas elas tinham apenas um banheiro. Aliás, dois, mas o da empregada era só da empregada.

Pensando bem, era pra ser uma grande confusão de manhã, quando todos acordavam e queriam ir ao banheiro ao mesmo tempo. Ou na hora do banho, ou na hora em que a empregada ia lavá-lo. Mas não era. O que se ouvia era uma voz que vinha lá de dentro quando alguém batia na porta ou virava a maçaneta:

– Tem gente!

Um dia espalhou-se a notícia de que um funcionário de uma fábrica de refrigerantes tinha caído dentro de uma caldeira e sido triturado. Isso nunca foi comprovado, mas o certo é que a notícia se espalhou e todo mundo passou a acreditar nela.

O jornal O *Pasquim*, que tirava sarro de tudo e de todos, chegou às bancas com uma capa que era apenas uma garrafa de Coca-Cola e uma voz saindo lá de dentro:

– Tem gente!

43

PÕE NA CADERNETA

O Armazém Colombo ficava no coração do bairro dos Funcionários. Para indicar que ali era o maior armazém do pedaço, uma placa mostrava um enorme globo terrestre e uma fragata saindo quase em terceira dimensão, coisa que nem existia na época. Certamente era a fragata de Cristóvão Colombo que um dia saiu de Portugal para conquistar o mundo.

O Armazém Colombo tinha um pouco de tudo. Ali se vendiam alpiste para passarinho, ração para galinha, pó de café, arroz agulhinha, feijão mulatinho, canjiquinha. Tinha enlatados e alguns produtos importados: sardinhas vindas de Portugal, figos da Turquia, salsichas tipo Viena. O Armazém Colombo vendia também vassoura, espanador, pano de prato, Varsol e Creolina.

O balcão era de madeira com vitrines de vidro. Nas vitrines, lâmpadas GE, Cola-Tudo e as pilhas do gato. Na parte de cima, guloseimas: Drops Dulcora, Diamante Negro, Mentex e balas de café sem marca, embrulhadas uma a uma em papel celofane.

Era no Armazém Colombo que tínhamos caderneta. A caderneta era de capa dura e preta e funcionava como um cartão de crédito, que a gente pagava só no fim do mês. A minha mãe chegava ao Armazém Colombo com uma lista na mão e ia dizendo para o balconista:

– Sabão Lux em flocos.

– Uma barra de sabão português.

– Cinco quilos de arroz.

– Duas latas de sardinha.

– Um pacote de macarrão.

– Um extrato de tomate Elefante.

– Um vidro de Toddy.

O balconista ia colocando os pedidos da minha mãe de lado e, quando ela dizia "só isso", ele tirava o lápis detrás da orelha e começava a fazer a conta num pedaço de papel de pão.

– Põe na caderneta!

As cadernetas dos clientes ficavam guardadas numa gaveta enorme junto ao balcão. Na capa a etiqueta dizia a quem pertencia.

– Está anotado!

Todo dia 1º ela ia ao Armazém Colombo para acertar as contas. Quando dia 1º caía num domingo, ela ia no dia 2. Minha mãe nunca percebeu que às vezes comprávamos balas de café e sem a sua permissão pedíamos:

– Põe na caderneta!

44

VOCÊ ESTÁ UMA MARMOTA

Venhamos e convenhamos que a marmota é um dos bichos mais fofos do planeta Terra. Tão fofo que é verbete do Wikipédia. Está lá! As marmotas são roedores, membros do gênero *Marmota* e da família *Sciuridae*.

Marmota é do reino Animalia, da classe Mammalia, da ordem Rodentia, da tribo Marmotini. Existem 14 tipos delas. Não vou enumerar todos, mas tem *Marmota caligata*, *caudata*, *himalayana*, *monax* e *olympus*.

Marmota tem aparência de esquilo, mas é maior. Elas vivem em tocas e é nas tocas que hibernam durante os sete meses do rigoroso inverno dos países onde vivem. Quando uma marmota sai da hibernação, a primeira coisa que faz é comer, comer muito para recuperar as energias.

A marmota, coitadinha, é um dos pratos preferidos das aves de rapina. Mas ela não é boba nem nada. Vive em colônias e tem uma sempre alerta, pronta para avisar as companheiras do perigo iminente. Chegam a ficar de pé, em duas patas, como se fossem cangurus.

As marmotas, que são herbívoras, vivem geralmente nas montanhas e se alimentam de ervas que circundam suas tocas. Por isso são gordinhas, não precisam caminhar muito para buscar comida.

Uma vez por ano, no dia 2 de fevereiro, a marmota vira notícia, sai até no *Jornal nacional*. Quando 2 de fevereiro cai num domingo, a marmota aparece é no *Fantástico*. É no Dia da Marmota, uma festa tradicional nos Estados Unidos e no Canadá, que ela ganha seus 15 minutos de fama.

Segundo a tradição, nesse dia as pessoas – algumas vestindo fraque e cartola – ficam observando uma toca de *Marmota monax*, sem tirar os olhos. Se o animal sair e o tempo estiver nublado, isso significa que o inverno terminará mais cedo. Se o bichinho colocar o focinho pra fora, o sol estiver brilhando e ele se assustar com a sua sombra e voltar para a toca, então o inverno vai durar ainda mais seis semanas.

Eu nunca entendi uma coisa. E sempre acontecia nos dias em que eu me aprontava todo para ir à hora dançante. Vestia uma calça vermelha listrada, uma camisa azul-anil xadrez, meias brancas e sapatos pretos. Colocava brilhantina no cabelo e o partia no meio. Quando eu ia saindo, ao passar pela sala meu pai tirava os olhos do jornal que estava lendo e me dizia:

– Vai aonde? Você está uma marmota!

45

FICOU PRA TITIA

Aos 5 anos as meninas ninavam bonecas, faziam comidinha, jogavam queimada e se encantavam com Shirley Temple na televisão.

Aos 10 anos liam *As mais belas histórias*, *As aventuras de Tom Sawyer*, *a Ilha do Tesouro* e davam a volta ao mundo em 80 dias.

Na adolescência iam às matinês, tomavam Crush, um sorvete colorido, davam uma flertada aqui, outra ali. De vez em quando uma mão boba se encostava à outra. Era o namorinho de portão.

Aos 15 anos faziam a festa. Recebiam o primeiro saltinho alto de bandeja, dançavam a valsa e, escondido, davam o primeiro beijo.

Aos 18 namoravam firme, ficavam noivas, faziam o enxoval e casavam.

Aos 20 começavam a vir os filhos, o primeiro, o segundo, o terceiro.

Mas para algumas princesinhas isso não acontecia. Que família não tem uma solteirona, aquela que nunca se casou?

Ficar pra titia era chegar aos 20, 22, 25 anos – e nada de casar. A família ficava assustada e procurava por todos os meios desencalhar a tal moça que estava ficando pra titia.

Promessa pra Santo Antônio! Os conselhos e as rezas vinham de todos os lados.

– Vou te apresentar um partidão!

– Você precisa conhecer o Vilela!

– Quem sabe o Rodolfo não é a sua cara-metade?

E os dias iam passando, passando, e nada daquela moça se casar. Até que um dia a família reunida constatava:

– Ficou mesmo pra titia!

A tal titia então assumia papéis como cuidar dos sobrinhos, levá-los ao zoológico, aprender piano, costura, bordado. As titias costumavam ser muito prendadas. Guardiãs das sobrinhas mais velhas, ficavam de olho na tal mão boba que podia, se vacilasse, chegar aos peitinhos de pêra da pobre e indefesa sobrinha mais nova.

Mas o veredicto final vinha quando a tal moça que ficou pra titia resolvia arranjar um gato.

46

FAVOR LIMPAR OS PÉS NO CAPACHO

As cidades não eram grandes e havia muito barro. Era lama pra tudo quanto é lado. Quando chegava a temporada de chuva então, era um inferno.

As casas costumavam ser um brinco. As mulheres não trabalhavam e passavam o dia a arrumar, varrer, espanar, polir as peças de metal. Todos os enfeites eram limpos com álcool e colocados milimetricamente nos devidos lugares.

As casas cheiravam a limpeza.

Sábado era dia de faxina mais pesada. No chão, palha de aço, cera e enceradeira. Era dia de limpar a geladeira, podar as plantas no quintal, lavar o galinheiro.

Nos alpendres das casas havia uma peça de ferro no chão que era usada para limpar os sapatos que chegavam com as solas cheias de barro. Ali as pessoas perdiam um tempo raspando o solado até deixar o último pedaço de barro. Só então tocavam a campainha, prontas para entrar e desfilar no assoalho que brilhava, chegando a refletir.

Na casa dos Bloch, que era a mais chique e a mais vistosa do bairro, o dono, seu Bloch, além daquela peça de ferro para tirar o barro, ele trouxe da América do Norte um capacho muito alinhado. Era feito de piaçava fina e tinha as bordas plastificadas, coisa que só havia mesmo na América do Norte.

O capacho dos Bloch ainda tinha no centro a palavra "Welcome" para dar as boas-vindas aos visitantes. Como todas as pessoas que iam visitar a família ficavam com vergonha de pisar naquele capacho tão alinhado, o seu Bloch mandou fazer uma plaqueta de metal branca com escrito em azul-anil e pregou na parede do alpendre: "Favor limpar os pés no capacho!"

47

ELA SAIU DE ANJO

Ana era uma das meninas mais lindas de Minas Gerais. Tinha os olhos da cor de uma água-marinha e os cabelos loiros como ouro. Parecia um anjo. E era.

Ana e a mãe da Ana, que também se chamava Ana, passavam o ano inteiro esperando a Festa do Divino, mas aquela que era comemorada numa cidadezinha perto da capital de Minas. Aquilo, sim, que era Festa do Divino.

Um mês antes do esperado dia a cidade já começava a se aprontar. As mulheres tiravam de enormes baús as toalhas de linho impecavelmente brancas, que eram lavadas, engomadas e caprichosamente passadas. Os jarros também eram limpos e ganhavam flores, algumas encomendadas, outras colhidas no campo.

O caminho por onde passava a procissão era meticulosamente reformado. Cada pedra torta ou arrancada era assentada, cuidadosamente assentada. O meio-fio era pintado de cal branco e as árvores podadas.

As roupas de anjo cheirando a naftalina eram todas revisadas. As envelhecidas, com as barras puídas, eram substituídas. Metros e metros de cetim branco eram adquiridos nas Casas Pernambucanas ou na Tecidos Bangu. Fitas amarelas de cetim, coroas de flores artificiais, buquês de margarida, sapatinhos brancos de verniz, tudo era checado.

No grande dia a cidade amanhecia iluminada. As toalhas brancas eram estendidas nas janelas e por cima delas os vasos cheios de flores de todas as cores. A rua varrida ganhava pétalas de rosas por todo o percurso.

Ana acordava Ana cedinho para se aprontar. Era um ritual. A roupa passada que ficara ali a noite toda dependurada cobria o corpinho perfeito da menina. A meia de seda, o sapatinho branco, o laço de fita na cintura, a coroa de flores na cabeça, buquê na mão. Por fim, as asas feitas de penas brancas de peru.

Ana era o retrato falado de um anjo.

Orgulhosas, as duas Anas se dirigiam para o início do cortejo e na hora H se emocionavam. Ana, a mãe, corria para a janela e ficava esperando a procissão se arrastando que nem cobra pelo chão. Os olhos da mãe enchiam-se de lágrimas, mas não chegavam a derramar. Quando alguém conhecido passava, a mãe orgulhosa dizia:

– Ela saiu de anjo!

48

ISSO É DO TEMPO DO ONÇA

Existem duas versões circulando por aí. Para o cronista Mário Prata, Onça era o apelido do marquês de Pombal, que reconstruiu Lisboa depois do avassalador terremoto de 1755. Muita gente morreu e os portugueses evitavam tocar no assunto: isso é do tempo do Onça!

A outra versão está no Site do Escritor e garante que essa expressão é da época do capitão Luis Vahia Monteiro, governador do Rio de Janeiro de 1725 a 1732. Seu apelido era Onça. Numa carta que escreveu ao rei dom João VI, Onça declarou que "nesta terra todos roubam, só eu não roubo". Então, quando alguém tocava no assunto, tinha sempre alguém que retrucava: "Mas isso é do tempo do Onça!"

Eu sempre achei que esse tal tempo do onça era coisa antiga, da época do Amigo da Onça, o personagem criado por Péricles e imortalizado por Carlos Estevão. Mas não era, não. Muito antes do aparecimento do Amigo da Onça nas páginas da revista O *Cruzeiro* já diziam que tal coisa era do tempo do onça.

Pensando bem, do tempo do onça é a galocha que o meu tio João usava, fizesse sol, fizesse chuva. Do tempo do onça é chamar um homem bonito de pão e uma garota de uva ou de chuchu.

E usar anágua? Usar combinação? Cinta-liga? Isso, sim, é do tempo do onça. Como do tempo do onça é passar o sábado com bobs na cabeça, usar laquê e se achar um broto.

Do tempo do onça é chamar biquíni de duas-peças, pôr as barbas de molho e não colocar o carro na frente dos bois.

Do tempo do onça é lustrar o carro com cera e dizer que ele ficou tinindo de rosca. Do tempo do onça é alguém dizer que isso é do tempo do onça e você exclamar:

– Você é mesmo de morte!

49

ESTOU MEIO PERRENGUE

Ele se chamava Manoel e era meu avô, pai da minha mãe. Na vida ele foi muito rico e no final ficou sem dinheiro algum. Morreu pobre naquele ano que não acabou.

Meu avô Manoel usava chinelos acolchoados, um pijama de listras e tinha óculos de tartaruga. Passava o dia sentado numa cadeira de balanço coçando a barba sempre por fazer, lembrando suas histórias do passado. Só trocava o pijama de listras por um terno tropical inglês na hora de tirar fotografias. Era muito vaidoso e adorava ser paparicado por uma morena gostosa.

Depois de velho, o meu avô ficou muito pão-duro. Chegar para ele e dizer que um quilo de chuchu estava custando 1 centavo era uma blasfêmia. "Como que alguém tem coragem de pagar 1 centavo por um quilo de chuchu?", exclamava ele com um ar de revolta. Então a família passou a mentir pro meu avô. Minha avó comprava um vestido de 100 cruzeiros, dizia a ele que custou 10, mas mesmo assim ele ainda achava muito, muito caro 10 cruzeiros por um simples vestido. Se soubesse o verdadeiro valor, teria um ataque cardíaco.

Meu avô, quando se aposentou, vendeu todos os seus bens porque acreditava que o dinheiro arrecadado não acabaria nunca. Esse dinheiro ele guardava em sacos de cinco quilos de açúcar Pérola, debaixo da pia da cozinha de sua casa. Do lado de fora, ele escrevia "veneno" e desenhava uma caveira com dois ossos cruzados. Ladrão nenhum desse mundo teve coragem de abrir aqueles pacotes de açúcar e roubar o dinheiro do meu avô.

Sua última morada foi uma casa modesta em Santa Tereza. Às vezes, o bairro ficava sem água por mais de 30 dias. O meu avô armazenava "o precioso líquido" – era assim que ele chamava a água – em grandes galões que ficavam no quintal, perto do galinheiro, onde criava meia dúzia de poedeiras.

Meu avô não admitia quebrar nada. Quando alguma coisa se espatifava no chão, ele fazia questão de catar caco por caco para, mais tarde, pacientemente, juntar peça por peça daquele quebra-cabeça com cola Araldite. Foi assim que ele colou vários brinquedos meus e muitas asas de xícaras Colorex.

Diz a lenda que no dia do seu casamento, em vez de ir curtir a lua-de-mel, ele pegou um ônibus e foi parar em São João del Rey. Foi visitar uma velha paixão, ninguém sabe se uma ex-namorada, uma amante ou a dona de um bordel local. Só voltou pra casa três dias depois para reencontrar, à beira de um ataque de nervos, dona Zizinha, minha avó.

Diz também a lenda que meu avô tinha um automóvel, um Studebaker, que funcionava com cachaça. Talvez tenha sido o primeiro carro a álcool do país. Nos tempos de guerra, quando a gasolina ficava escassa, o meu avô enchia o tanque com um garrafão de Massangano, uma das melhores cachaças do interior de Minas. Todos juravam que o carro rodava quilômetros e mais quilômetros com aquele combustível.

Meu avô usava cuecas samba-canção sempre brancas. Uma vez, numa manhã de 25 de dezembro, ele acordou com uma grande ressaca e ficou andando pela varanda da casa de cuecas. Quando meu pai o chamou para a primeira dose do dia, no bar da esquina, ele foi daquela maneira mesmo. De cuecas.

Meu avô gostava tanto da noite de Natal, tinha tantas histórias para contar que até hoje penso que ele acreditava mesmo em Papai Noel. Não dava presentes a ninguém, mas adorava ganhar. Chinelos, cuecas, cachecoles e camisas de linho branco.

Nos últimos anos da sua vida ele sentia muitas dores no corpo, principalmente nas costas. Não saía mais de casa e quando alguém perguntava "como vai, seu Manoel?", ele sempre dizia:

– Estou meio perrengue.

50

TUDO A PREÇO DE BANANA

A notícia caiu como uma bomba. A banana vai acabar dentro de dez anos! E não partiu de nenhuma publicação sensacionalista. Foi a prestigiosa *New Scientist*. A fruta virou capa da revista. Lá estava ela, num pedestal, com um título que me tirou o sono: "Os últimos dias da banana".

Custei a acreditar, mas parece que é mesmo verdade. Ela vai desaparecer do planeta Terra por falta de diversidade genética suficiente para resistir a uma praga maldita chamada doença do Panamá. Tal notícia só poderia mesmo vir de uma República de Bananas.

O cientista que revelou ao mundo que a banana estava com os dias contados garantiu que somente a biotecnologia e a manipulação genética poderiam garantir a sobrevivência da fruta. Mas, por favor, não mudem a embalagem da banana.

Quando meu filho mais velho era ainda criança, um dia ele disse: "Pai, por que todas as frutas não têm a embalagem da banana?" Confesso, sinceramente, que se for pra mudar a embalagem da banana é preferível vê-la desaparecer do mapa. Imagine a banana do futuro com a embalagem do abacaxi!

Ararinha-azul, papagaio-careca, tamanduá-bandeira, mico-leão-dourado, tudo bem. Mas a banana acabar, por favor! Tanta coisa já desapareceu por aqui e nenhuma fez tanta falta como a banana vai fazer. Acabaram com o Simca Chambord, com as Alpargatas Sete Léguas, com o néctar de frutas Yuki, com as calças Far West, com a *Vila Sésamo*, mas acabar com a banana é o fim!

Banana-prata, banana-da-terra, ouro, maçã, nanica, d'água, figo, caturra. Será que estão todas com os dias contados?

No futuro, quando eu chegar na rua 25 de Março em São Paulo, onde tudo é sempre barato, será que alguém vai entender se o vendedor pegar o megafone e gritar:

– É tudo a preço de banana!

Será que alguém vai entender?

51

FÉ EM DEUS E PÉ NA TÁBUA!

Pardais na cidade eram apenas passarinhos vira-latas que passavam o dia ciscando nas pracinhas. Pracinhas rodeadas de rosas e begônias, sombras vindas dos ipês-roxos, dos chorões, e bancos de concreto com propaganda da Farmácia Central.

Nas estradas apenas algumas placas meio enferrujadas indicando que a velocidade máxima era 80 quilômetros. Os automóveis não tinham cinto de segurança nem tampouco *air bag*. Mesmo pisando fundo eles não atingiam uma velocidade estonteante. Sem GPS errávamos sempre os caminhos. Os carros, até mesmo os de corrida, eram meio devagar.

O importante era ir até onde queríamos. Era o que acontecia com Princesa, um jipe da Willys Overland do Brasil. Não tinha buraco que Princesa não entrasse, não tinha lama que ela não atravessasse, não tinha ladeira que ela não subisse.

Princesa era um espanto!

Princesa era uma espécie de Manuel, o audaz, jipe que virou música de Lô Borges e Toninho Horta:

Manuel, o audaz
Manuel, o audaz
Iremos tentar
Vamos aprender, vamos lá

Princesa nunca ganhou versos, mas virou a estrela de uma família libanesa que, fugida da guerra, veio parar no Brasil. Princesa não falhava. Quando a família numerosa olhava assustada as pedras no caminho e questionava se ali o pobre bichinho iria passar, o seu dono estufava o peito e orgulhosamente anunciava:

– Princesa passa!

E passava mesmo. Não tinha buraco em que Princesa caísse, e não era só buraco. Princesa encarava mato fechado, riachos que atravessavam as estradas, ladeiras que pareciam nos levar às nuvens. Movido a gasolina e coragem, aquele jipinho velho de guerra era um tanque.

Quando o caminho era longo, olhávamos para a reta infinita e avisávamos aos navegantes:

– Fé em Deus e pé na tábua!

E os ateus brincavam:

– Pé em Deus e fé na tábua!

52

LÁ VEM A CARROCINHA DE CACHORRO

O primeiro cachorro que tivemos foi Joli. Meu pai se orgulhava de dizer que Joli era uma mistura de lulu com vira-lata. Naquela época inventaram uma raça chamada lulu. Bastava um cachorro ser branquinho e peludo para ser da raça lulu.

Joli vivia solto como um pardal, circulava pelas ruas do bairro do Carmo sem o menor problema. Mas dormia todas as noites na nossa casa da rua Rio Verde.

A maior aventura de Joli foi um dia ter se perdido no Mercado Central de Belo Horizonte. Ficamos arrasados. Mas Joli, sabe Deus como, voltou para casa uma semana depois, estropiado: mancando de uma perna, um olho ferido e com o pêlo todo marrom de terra. Mas sobreviveu. Como aquele cachorrinho conseguiu atravessar toda a capital mineira é o que nos perguntamos até hoje.

Nosso cachorro vivia sem mordomia. Comia o que sobrava da nossa mesa e vivia se engasgando com o osso de frango nas tardes de domingo. Até a macarronada ao molho de tomate ele comia com o maior prazer. Comia também as cachorras do bairro sem a menor cerimônia.

De vez em quando dávamos banho em Joli no tanque, que ficava no quintal da nossa casa. Esfregávamos o bicho com sabão português, e ele tremia feito vara verde. Depois do banho, Joli se sacudia feliz da vida e saía se esfregando pelo chão de cimento. De tempos em tempos, meu pai dava uma injeção nele: vacina contra raiva! De tempos em tempos também apertávamos uma latinha de Neocid na barriga dele para espantar as pulgas.

Um dia, para nossa tristeza, Joli morreu. Morreu de velho o pobre coitado. Então veio Tupi, um cachorro tão vagaba quanto Joli. E finalmente um pequinês chamado Pink. Na nossa vida sempre teve um cachorro. E não foram só esses três. Enquanto os nossos de carne e osso estavam por ali perambulando, outros viviam suas aventuras num televisor em branco e preto.

Vibrávamos com Rin Tin Tin, sempre ao lado do cabo Rusty, e com a simpática Lassie, que quando aparecia no vídeo um espírito de porco fazia questão de dizer: "Esse cachorro já morreu!" Na verdade, nunca soubemos se aquela Lassie que adorávamos ver nas tardes de domingo era mesmo um cachorro morto.

Depois de Rin Tin Tin e Lassie vieram outros. Quem perdia as aventuras do vigilante rodoviário Carlos com o seu fiel cão Lobo percorrendo as estradas do interior de São Paulo a bordo de um Simca Chambord amarelo e preto? Quem não se emocionou nas matinês do Cine Pathé no momento em que a cadela Baleia morreu naquela cena inesquecível de *Vidas Secas*?

Quem não riu com o flagrante do Vagabundo beijando a Dama enquanto saboreavam o último fio de espaguete? Quem não colecionou as figurinhas do Snoop, a grande estrela da turma do Charlie Brown? Quem não leu escondido nas aulas de matemática as aventuras do Pluto e do Pateta?

Quem nessa família não chorou no dia em que minha mãe avisou:

– Lá vem a carrocinha de cachorro!

E, quando vimos, os homens de macacão com um laço na mão corriam atrás de Pink até alcançá-la. O cachorrinho com um olhar de piedade e desesperado foi jogado dentro do camburão que subiu a BR-3 para nunca mais voltar.

Lá foi a nossa última cadelinha embora para virar sabão.

53

NÃO VAI SER SOPA

Em 1996, o escritor americano Hunter S. Thompson foi entrevistado por P.J. O'Rourke da revista *Rolling Stone*.

Quando Rourke perguntou a Thompson se ele se lembrava do primeiro livro que leu em sua vida, o papa do jornalismo gonzo contou uma história curiosa.

Sua avó guardava dentro do armário um livro chamado *The goops*, e esse foi o primeiro livro que leu na sua vida. *The goops* era um livro de boas maneiras, todo ele escrito em rima. E quem se comportava como *goops* eram pessoas porcas, que precisavam entrar na linha.

A avó do pequeno Thompson lhe entregou o livro quando percebeu que ele estava saindo da linha. O livro era bem assustador. Ensinava a comer com a mão direita porque ser canhoto era pecado. E dizia que era um *goop* todo aquele que mastigava sopa, que fazia aquele barulho claft claft claft tomando sopa.

No inverno, sopa era sagrada na minha casa. O meu pai era um especialista em sopas. Fazia um caldo verde português como ninguém, daqueles com fubá, couve rasgada e linguiça toscana. Comíamos com torrada e manteiga de lata, bem salgadinha.

E o creme de aspargos que ele fazia? Divino! O velho era craque também no cozido português, no qual ele colocava uma banana que dava um gostinho especial. Era imbatível na canja de galinha com muita moela, muita cenoura e pau de canela. Mas ele fazia também sopa de cebola, de massa, de mandioquinha, que na minha terra chamam de cenourinha-amarela.

Mas havia um problema. A minha tia que mastigava sopa. Mastigava mesmo. Até aquela sopinha rala de cebola ela claft claft claft.

Então era assim. Toda vez que minha mãe anunciava que a irmã dela ia lá em casa jantar, a comida era bem sólida.

– Sua irmã vem jantar?

– Vem.

– Então não vai ser sopa!

54

PRA CIMA DE MOI?

Não é de hoje que brincamos com as línguas. Fernando Sabino um dia criou um dicionário mineiro-americano extraordinário. Para dizer que o táxi de Nova York era confortável – *confortable* – ele dizia rapidinho: campo-de-futebol!

Um amigo meu, um baiano, físico, se divertia pedindo um café com leite – *café au lait* – em Paris. Chegava no balcão e soltava: Café Olé!

Eu era menino ainda quando João Gilberto, com aquela sua vozinha cheia de bossa-nova, perguntou:

– Pra que discutir com madame?

Madame diz que a raça não melhora, que a vida piora por causa do samba, madame diz que o samba tem pecado, que o samba é coitado e devia acabar.

Em 1962, Lamartine Babo fez o país inteiro rir quando pôs nas paradas de sucesso uma canção pra inglês ver.

I love you
Forget sclaine
Maine Itapiru
Morguet Five Underwood
I shell
No bonde Silva Manuel!
I love you
To have Steven Via-Catumbi
Independence lá do Paraguai
Studebaker... Jaceguai!
Yes, my glass
Salada de alface
Fly Tox my till
Standard Oil...
Forget not me

Ói!...
I love you
Abacaxi, whisky
Of chuchu.

Cinco anos depois, foi a vez de Assis Valente dar o seu toque chique dizendo: "Tem francesa no morro"!

Donê muá si vu plé lonér de dancê aveque muá.
Dance Ioiô
Dance Iaiá
Si vu frequente macumbe
Entrê na virada e fini por sambá.
Vian
Petite francesa
Dancê le classique
Em cime de mesa
Quando la dance comence
On dance ici ou dance aculá.
Si vu nê vê pá dancê,
pardon mon cherri, adie, je me vá
Dance Ioiô
Dance Iaiá

E foi assim que, quando uma mulata assanhada passava com graça tirando o sossego da gente e os peões das obras mexiam, faziam propostas e mais propostas, elas, as danadas, davam aquela viradinha, aquela reboladinha e diziam:

– Pra cima de *moi*?

55

TÁ PRETA!

Marcinha era sem a menor sombra de dúvida a menina mais linda da escola. Uma morena com traços perfeitos e uma cor de jambo pra comunista nenhum botar defeito. Marcinha era de parar o trânsito, de fechar o quarteirão, mulher pra mil talheres, um pedaço de mau caminho.

– Que mistério tinha Marcinha?

A cor da sua pele, acho eu. Marcinha era a coisa mais linda, mais cheia de graça e o seu segredo eram as férias de verão, que começavam em dezembro e só acabavam no final de fevereiro.

Logo depois do Natal Marcinha voava pra o Rio de Janeiro, ela era de lá. Ficava hospedada na casa dos parentes, que moravam todos entre Ipanema e o Leblon. Marcinha sumia de Minas Gerais durante dois meses para voltar nos primeiros dias de março e recomeçar os estudos com outra cor.

A grande expectativa naquele colégio de padres não era o começo do ano letivo, era saber a cor com que Marcinha voltaria. Eram 60 dias na praia passando todos aqueles óleos à base de cenoura, óleo de dendê e até mesmo Coca-Cola diziam que Marcinha passava no corpo inteiro para pegar aquele bronze.

E pegava.

Quando março chegava e os primeiros alunos colocavam o pé no colégio, o burburinho era geral.

– Já viram a Marcinha?

Marcinha fazia questão de no primeiro dia de aula ir toda vestida de branco, dos pés à cabeça, incluindo calcinha e sutiã. Um esplendor!

Na primeira trombada no corredor com um velho companheiro de classe, a primeira pergunta era:

– Viu a Marcinha?

– Vi. Tá preta!

56

ISSO É MUITO JECA

Quando meu pai chegava de viagem e colocava aquela mala Ika em cima da cama, os cinco filhos ficavam em volta com os olhos arregalados. O que ele trazia ali dentro era sempre uma surpresa. Enquanto minha mãe se preocupava em ir amontoando num canto a roupa suja que ia direto pra máquina Bendix, nosso interesse estava exatamente no que meu pai trazia embrulhado no meio da roupa suja. Ele era obcecado por suvenires e, por onde passava, fazia questão de trazer uma lembrança. E foi assim que nossa casa virou um verdadeiro museu do kitsch.

Quando olhávamos meio torto para alguma peça de gosto duvidoso, ele reagia furioso: "Gosto não se discute!" E a minha irmã retrucava baixinho: "Mas mau gosto sim!" O ponto alto dessas lembranças aconteceu no dia em que ele chegou dos Estados Unidos e trouxe uma árvore genealógica banhada a ouro. Banhada a ouro entre aspas, claro. Era uma árvore de ferro, pintada de dourado, cheia de frutos. Os frutos eram pequenas bolinhas com espaço para uma foto 3x4. Lá em cima, no topo, havia uma fruta maior, gêmea, com lugar para duas fotos, a do meu pai e a da minha mãe.

Nossa casa tinha um pouco de tudo. Uma licoreira verde-musgo em formato de calhambeque com os dizeres "Lembrança de São Lourenço". Tinha um verdadeiro zoológico de pedra-sabão, lembranças de Ouro Preto, Diamantina e São João del Rey. Tinha uma jangada que dizia na vela: "Estive em Fortaleza". Um prato de plástico com uma foto do meu pai e meu tio Afonso no Cristo Redentor, suvenir do Rio de Janeiro. E tinha muito mais: um tuiuiú empalhado vindo do Pantanal, um tambaqui petrificado de Manaus, um bonequinho de bombachas de Porto Alegre, um carro de boi de Conceição do Mato Dentro, uma banda de pífaros de Caruaru, uma baiana de Salvador e uma boneca espanhola de Sevilha. Sem contar a Torre Eiffel prateada, um Big Ben que acendia por dentro e as pirâmides do Egito dentro de uma bola cheia d'água, peso para papéis.

Cada viagem era um enfeite que minha casa ganhava. A minha mãe ia só revezando. Trocava um tucano por uma arara, um cinzeiro por um abajur de conchas, um siri de argila por uma caneca com o rosto da rainha da Inglaterra. Ela não jogava nada fora. Assim que chegava um suvenir novo, ela substituía por um velho argumentando:

– Vou guardar esse tronco de árvore envernizado de Patos de Minas porque isso é muito jeca!

57

EU CÁ COM OS MEUS BOTÕES

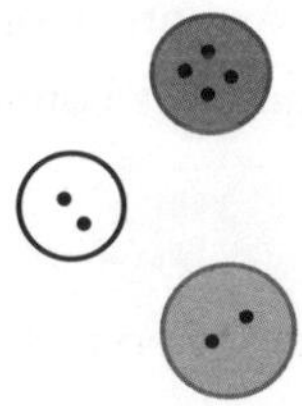

Como caíam os botões! Das camisas, das japonas, dos bolsos de trás das calças. As roupas eram lavadas no tanque, esfregadas, batidas e estendidas para quarar. Não havia botão que resistisse. Aos pouquinhos iam ficando frouxos, frouxos, até cair.

Todas as casas tinham caixa de costura com linhas de todas as cores, muitas agulhas e botões. Botões de todos os tipos e tamanhos, com dois ou quatro furos. Quem não sabia pregar um botão? O difícil às vezes era enfiar a linha no buraco da agulha.

Eu tinha um primo padre, o padre Zé Maria, que usava uma batina com setenta e tantos botões. Quando ele chegava de Ponte Nova para passar uns dias com a gente, a brincadeira era contar os botões da sua batina. Começávamos lá de cima: 1, 2, 3, 10, 20, 30. Quando íamos chegando no 70, padre Zé Maria balançava a batina fazendo a gente perder a conta. Começávamos tudo de novo. Nunca soube exatamente quantos botões tinha a batina dele, sei que eram mais de 70.

Quando caía a noite e ele pegava o missal e se recolhia no quarto de hóspedes, ficávamos imaginando que ele estava lá dentro rezando, pensando com os seus botões.

Um dia eu ouvi no rádio uma canção que dizia assim:

Só eu posso pensar se Deus existe
Só eu posso chorar quando estou triste
Só eu
Eu cá com os meus botões de carne e osso
Eu falo e ouço
Eu penso e posso

Só quando Gilberto Gil cantou pela primeira vez no rádio a canção "Cérebro eletrônico" foi que eu entendi que botões eram esses.

58

PARA DE ME REMEDAR

As famílias eram numerosas. Os pais eram corajosos, tinham quatro, cinco, às vezes até oito filhos. E os filhos que nasciam em escadinha, um após o outro, viviam se estranhando. Nada tão grave, apenas picuinhas.

Em Minas Gerais não se imita, remeda! Está lá no *Aurélio*: "Remedar, do latim *reimitare*, (*re-* + *imitare*, imitar)". Remedar era a brincadeira preferida das crianças quando pegavam a estrada. No banco de trás iam apreciando a paisagem, vendo o gado pastar, comendo sanduíches preparados pelas mães, bebendo suco de groselha. E enchendo o saco um do outro.

– Olha uma vaca!

Aí o irmão repetia, usando os mesmos gestos:

– Olha uma vaca!

Quem falou primeiro ficava quieto e em poucos minutos testava se a brincadeira tinha começado:

– Vai chover!

E vinha a repetição:

– Vai chover!

Então vinha o berro:

– Para de me remedar!

O pai, atento ao volante, virava para trás ameaçando uma bofetada:

– Vamos parar!!!

– É ele que está me remedando!

E o outro, bem baixinho para o pai não ouvir:

– É ele que está me remedando...

A brincadeira só acabava quando ele dizia:

– Eu sou um idiota!

Pronto, a brincadeira acabava aí porque ninguém queria imitar mais o outro, confessar que era um idiota.

59

VOU CHAMAR A ASSISTÊNCIA

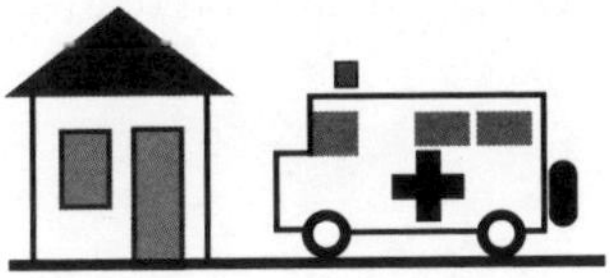

Quando o termômetro batia nos 15 graus, o vento frio assobiava pela fresta da janela e o céu cinza-chumbo anunciava temporal, o meu pai começava sua contagem regressiva.

Quando minha mãe convocava a família para o jantar, ele chegava na copa como uma múmia vinda diretamente do Egito. Arrastando um chinelo acolchoado, ele aparecia na porta de pijama de flanela listrado e embrulhado num cobertor. Gorro de lã na cabeça e termômetro na boca, ele anunciava:

– Acho que não passo desta noite!

Assustados, os filhos olhavam para aquele homem imenso que vinha caminhando devagar quase parando até se acomodar na cabeceira da mesa, o seu lugar reservado. Sentava com dificuldade, que não sabíamos se era dificuldade ou teatro.

– Silêncio!

E todos ficavam mudos. O meu pai tirava o termômetro da boca e apontava para os seus dentes que trincavam, fazendo um barulho que ecoava pela copa:

Trrrrrrrrr...

– Podem se despedir do pai de vocês. De hoje não passo.

Era assim que ele anunciava sua morte cada vez que a temperatura batia nos 15 graus, o vento frio assobiava pela fresta da janela e o céu cinza-chumbo prenunciava temporal. O meu pai, na verdade, morria de frio a cada inverno.

O termômetro retirado da boca marcava 37.1 e ele arredondava para 38.

– Estou ardendo de febre!

Minha mãe, muito prática, quando percebia que era tudo teatro, reagia durona:

– Vou chamar a assistência!

Nesse momento, os olhos dele, que já estavam quase fechados para sempre, se abriam e ele, assustado, com medo daquela camionete branca com uma cruz vermelha na porta, dizia:

– Vamos esperar até amanhã! Se é que vai haver amanhã pra mim.

Minha mãe preparava um chá com folhas de hortelã para ele, passava um pouco de cânfora nos seus pés e o conduzia para a cama.

No dia seguinte ele acordava com ar derrubado, vestia o seu terno, apertava sua gravata e ia para o serviço. Era melhor assim que entrar numa assistência.

60

MAIS POR FORA QUE UMBIGO DE VEDETE

O meu professor de Biologia era um padre que caminhava para os 80 anos. Tinha os cabelos brancos ralos, a pele vermelha, as bochechas caídas. Lembro-me muito bem da sua batina puída arrastando-se pelo chão, mas não sou capaz de me lembrar do seu nome. Algo como Martinho, Benigno, Rafael, coisa assim. Ele era holandês, mas abrasileirou o nome logo que aportou em terras brasileiras, no final dos anos 50.

O meu professor de Biologia chegava todas as manhãs na sala de aula, dava bom-dia aos alunos e começava a escrever a lição do dia no quadro-negro, que nos anos 70 já era verde.

Difusão e Osmose.

Explicava tudo direitinho, mas não havia meio daquilo entrar na minha cabeça. Ele ia escrevendo, escrevendo, e os alunos copiando, inclusive eu. Na aula seguinte, uma nova lição.

Mitocôndria.

E lá no quadro-negro ele escrevia: "Sem esta organela, as células não seriam capazes de realizar nenhuma de suas funções vitais". Ótimo. Quando ele esgotava o assunto, despedia-se e ia embora arrastando suas sandálias Franciscano. Na sexta-feira lá vinha ele:

Cromossomos.

E eu anotando tudo direitinho. "Os cromossomos carregam todas as informações que as células necessitam para seu crescimento, desenvolvimento e reprodução".

Tudo anotado, eu ia para casa e só voltava ao assunto um dia antes da prova mensal. Na solidão do meu quarto andava em círculos com aquele caderno na mão decorando cada palavra, cada definição, absolutamente tudo. Na hora da prova sabia Biologia de cor e salteado.

Fagocitose! Um importante mecanismo de defesa que protege nosso organismo contra a invasão de agentes causadores de doenças.

Quais são as fases da Mitose? Prófase, metáfase, anáfase, telófase. Sabia até mesmo que é através do núcleo que a célula controla todas as suas atividades. Dentro dele, ela armazena o código genético.

Era craque na Biologia decorada e estava pronto, inteiro ao dispor daquele simpático padre holandês para responder pergunta por pergunta, mas hoje confesso:

No fundo, no fundo, estava mais por fora que umbigo de vedete!

Um dia acabei recebendo o diploma porque respondi certinho que a membrana plasmática é responsável pela forma e pela entrada e saída de substâncias dentro da célula e que a mitocôndria é a responsável pela respiração celular. Mas na verdade estava mesmo mais por fora que umbigo de vedete.

Vedetes como Nancy Montez e sua bunda arrebitada, Virgínia Lane e seus olhos de mel, vedetes como a estonteante loira Mara Rúbia, a simpática Rose Rondelli e a graciosa Angelita Martinez.

Vedetes como Carmem Verônica e seu traseiro de melancia, Anilza Leoni e seus olhos de gata. Vedetes como Brigitte Blair, Nélia Paula, Zaquia Jorge e a gigante Íris Bruzzi. Vedetes que para felicidade geral da nação deixavam sempre o umbigo de fora.

61

PARA DE LAMBISCAR!

O nome dela era Inácia, mas todos ali na Fazenda do Sertão a chamavam de Sá Inácia. Sá Inácia já havia passado dos 80 anos, mas como era uma mulher de forno e fogão desde mocinha continuava ali firme e forte ao lado do forno, do fogão a lenha que ela começava a aquecer quando o dia clareava.

Ninguém nunca viu os cabelos de Sá Inácia porque dia e noite ela usava um pano branco na cabeça, uma espécie de turbante, talvez para evitar que um fio caísse dentro do prato de uma de suas iguarias.

Era Sá Inácia dar a primeira soprada na lenha do fogão que íamos atrás. Cedinho ela colhia as verduras e trazia para a cozinha numa cesta de vime que vinha transbordando. Salsinha, cebolinha, chuchu, abobrinha, pimentão, quiabo, inhame e batata-doce.

Sá Inácia também passava no galinheiro e completava a cesta com meia dúzia de ovos ainda quentes que retirava dos ninhos de palha de milho.

O almoço era servido por volta de dez e meia da manhã e o jantar pontualmente às seis da tarde. Aquilo era religioso. Quando ia chegando o final de semana, lá pela quinta-feira à tarde, Sá Inácia começava a preparar as guloseimas para os dias especiais, o sábado e o domingo.

Pão de queijo, de milho, de polvilho. Bolo de fubá com cravo, bolinhos de chuva com canela e açúcar e uma infinidade de petiscos, todos irresistíveis. E os doces? Ovos nevados, ambrosia, doce de leite, doce de mamão verde, de cidra e uma marmelada que ela fazia num tacho de cobre centenário.

E nós ali, à beira do fogão, acompanhando passo a passo. Ela quebrava os ovos cuidadosamente e com as mãos separava a gema e batia a clara. O açúcar caía como neve, e com uma colher de pau ela ia mexendo aquela coisa divina. Soprava o fogo, picava o marmelo, amassava a massa e colocava para descansar. E a gente ali. Quando ela distraía um pouco, lá ia nosso dedinho experimentar a massa ainda crua, a cocada ainda mole. O dedinho ia direto nas gemas batidas com açúcar e, quando ela percebia, olhava no fundo dos nossos olhos e com braveza e carinho dizia:

– Para de lambiscar!

62

ELA ESTICOU O CABELO

– Ela tem cabelo ruim!

Era assim que as pessoas falavam quando uma mulata, quando uma negra, uma preta passava. Sim, o mundo era politicamente incorreto e chamava os afrodescendentes de negros, de pretos.

– Caetano, vem ver aquele preto que você gosta!

Era assim que dona Canô, mãe de Bethânia e Caetano, chamava o filho quando Gilberto Gil aparecia na televisão baiana lá pelos idos anos 60, dedilhando os primeiros acordes de "Lunik 9".

Era o mundo de David e Rubens Soares, que um dia compuseram uma canção que dizia assim:

Nega do cabelo duro
Qual é o pente que te penteia?
Qual é o pente que te penteia?

Era o mundo de Geraldo Pereira e Arnaldo Passos, a dupla que cantava:

Escurinha, tu tens que ser minha de qualquer maneira
Te dou meu boteco, te dou meu barraco
Que eu tenho no morro de Mangueira
Comigo não há embaraço
Vem que eu te faço meu amor
A rainha da escola de samba
Que o teu nego é diretor

Sim, as pessoas chamavam as mulatas, as negras e as pretas de escurinhas também.

Era o mundo de Ataulfo Alves, aquele que subia aos céus quando uma mulata assanhada passava com graça fazendo pirraça fingindo inocente tirando o sossego da gente.

Ninguém queria ter cabelo ruim e havia duas maneiras de não ter: ferro quente e dormir de toca. Ferro quente significava passar um ferro quente no cabelo pixaim – diziam também que as pessoas tinham cabelo pixaim – até que ele ficasse liso, lisinho. Dormir de toca era pentear bem o cabelo e dormir com uma meia fina na cabeça.

E quando um branco nascia com cabelo de negro? Era sarará! Até o preto Gil brincou com a sarará:

Sara, sara, sara cura
Dessa doença de branco
Sara, sara, sara cura
Dessa doença de branco
De querer cabelo liso
Já tendo cabelo louro
Cabelo duro é preciso
Que é pra ser você, crioulo

Na minha casa tinha uma empregada chamada Antônia. Antônia veio lá da região de Rio Doce, jeca total. Mas, com o passar dos anos, Antônia foi adquirindo os ares de metrópole. Um dia recebeu o seu ordenado e numa tarde de sábado foi ao salão de beleza e voltou com o cabelo lisinho. Foi um susto. Aquela Antônia que saiu com a cara de Ângela Davis chegou em casa com o cabelo liso como uma tábua. O método que usou ninguém sabe, mas a única coisa que se comentava em casa era aquela novidade:

– Antônia esticou o cabelo!

63

VOCÊ ESTÁ ME EMBRULHANDO

O homem entrou numa loja de departamentos no centro da cidade, dessas lojas de departamentos enormes que existiam em todo centro de cidade. Ele fez uma pergunta a um vendedor e, depois de um breve papo, os dois foram até o sexto andar.

O homem escolheu um conjunto de marmitas de alumínio, próprio para acampamento. Em seguida, uma vara de pescar com carretel e oito caixinhas de iscas artificiais.

E não ficou só nisso. Colocou as compras de lado e escolheu uma toalha de pic-nic vermelha, uma caixa de isopor para cervejas e refrigerantes e comprou também um cantil de alumínio com forro de couro.

Os dois continuaram circulando pelos corredores da loja. Ele escolheu ainda um *sleeping bag*, um lençol, um travesseiro pequeno feito de pena de ganso e um cobertor grosso. Um chapéu, espirais mata-mosca, pratinhos de alumínio, uma lanterna e um facão.

De longe, o gerente da loja de departamentos observava aquele vendedor que certamente seria escolhido o funcionário do mês.

– Você está me embrulhando!

Essa seria a frase típica que aquele freguês poderia ter dito ao vendedor, mas não disse. Quando viu já estava na seção de bicicletas comprando uma. E comprou. Uma Caloi vermelha pneu balão.

Depois da bicicleta ainda comprou um mapa rodoviário, um romance de 342 páginas e uma televisão portátil que funcionava a bateria.

As últimas compras foram uma barraca de camping, um trailer e um automóvel zero financiado em 12 meses. O comprador foi até a seção de crediário e acertou direitinho as condições de pagamento.

Quando ele se despediu do vendedor, saiu da loja, atravessou a rua e sumiu na avenida, o gerente se aproximou do vendedor:

– Meus parabéns! Estou muito impressionado com você! Ter conseguido vender todas essas coisas para um homem que chegou aqui para comprar apenas uma lanterna de alumínio, você merece uma promoção!

E o vendedor:

– Que lanterna que nada. Ele me perguntou onde poderia encontrar um pacote de Modess para a mulher dele. E foi aí que eu disse: "Já que não vai fazer nada no fim de semana, que tal acampar?..."

64

OLHA O LEITE SENÃO ELE VAI DERRAMAR

Minha irmã tinha poucos dias de vida quando começaram a aparecer manchas vermelhas no seu corpinho. Uma aqui, outra ali, outra acolá. Com a mesma facilidade com que apareciam iam desaparecendo num piscar de olhos. Irritada, minha irmã chorava muito. Ela tinha 36 dias quando veio o diagnóstico do médico.

– Alergia aguda!

Uma pequena alergia não era nada, mas aquela alergia da minha irmã era raríssima, dessas que pegam uma pessoa em cada 10 milhões. E pegou a minha pobre irmãzinha. Minha mãe não pensou duas vezes e soltou esta:

– Alergia não tem cura!

Ela achava mesmo que não tinha. Um dia ela afastou o sabonete Vale Quanto Pesa do meu pai porque ele não parava de se coçar depois do banho. E passou adiante todas as roupas de veludo do meu irmão porque ele ficava todo empipocado quando vestia um conjuntinho azul-marinho.

Além de ser rara, a alergia da minha irmã caiu feito uma bomba na minha casa quando o médico disse:

– De hoje em diante ela só pode beber o leite da mesma vaca!

Minha mãe arregalou os olhos, mas em poucos minutos o meu pai pegou o telefone e discou para a casa de um amigo em Florestal, um lugarejo perto da capital. E foi com o dono da fazenda que ele encontrou a solução.

Na primeira manhã, o meu pai acordou de madrugada e pegou

a estrada rumo a Florestal. Chegou lá antes de clarear o dia. No curral, o dono da fazenda apontou:

– Esta é Mimosa e o leite que você vai levar será sempre o dela.

Mimosa era uma vaca branca com algumas manchas pretas e tinha as tetas monumentais. O empregado pegou o banquinho, o balde e foi logo tirando o leite de Mimosa: xiii, xiii, xiii... Do balde o leite foi para um pequeno galão e com o galão no chão de trás do jipe o meu pai pegou a estrada de volta.

Essa rotina durou quase um ano. Dia sim, dia não o meu pai chegava em casa com aquele leite sem pasteurizar, direto de Mimosa. A minha mãe colocava numa leiteira que ia direto pro fogão.

– Olha o leite senão vai derramar!

Aquilo era uma palavra de ordem. Um minuto que alguém descuidasse o leite subia e derramava. Diz a lenda que de tanto contato com bois e vacas o meu pai teve febre aftosa e um princípio de brucelose. E o pior, começou a mugir. Mas isso é outra história, é folclore puro.

65

ELE VIVE NO RENDEZ-VOUS

Era uma casa toda pintada de cinza. Paredes, portas e janelas. Tinha um muro baixo e um portão de ferro aberto 24 horas por dia. Na porta principal, uma janelinha. Aberta significava que podia entrar sem bater. E, fechada, nem batendo.

Era aquela casa que ele costumava frequentar com uma assiduidade impressionante. Todo dinheiro extra que pingava ele deixava ali naquela casa da avenida Paraná.

Tinha cinco quartos e cada um decorado de uma maneira. Ele frequentava sempre o maior, o do meio, um quarto espaçoso, com uma cama patente de casal e uma colcha de chenile azul-anil. Um criado-mudo forrado com um pano imitando seda indiana, um abajur com a cúpula imitando madrepérola. A luz era vermelha e bem fraquinha. Na parede um pôster gigante de Roberto, Erasmo e Wanderléa ao lado de um calhambeque estalando de novo. Um tapete de aliado forrava o chão.

Antigamente as pessoas usavam "aliado" (era assim que diziam) para evitar "gastar" o chão encerado.

Toda casa tinha aliados nos corredores, em lugares estratégicos. Eram meio plastificados em cima e forrados com uma tela de pano na parte de baixo.

"Não pise no encerado! Pise no aliado!", era assim que minha mãe dizia.

Voltando ao quarto, havia também uma cômoda repleta de bibelôs e uma estátua de São Jorge. Ao lado da estátua do santo guerreiro um pequeno vaso com algumas flores de plástico. Atrás da porta uma folhinha com os dias que já tinham passado riscados com um x. A gravura da folhinha era uma loira de biquíni deitada em cima do capô de um automóvel Interlagos verde e amarelo.

Dependurado no teto havia um móbile com todos os personagens da *Vila Sésamo*: o Garibaldo, o Gugu, o Ênio, o Beto, todos eles. Era um móbile de papelão, brinde de uma revista infantil que a Editora Três publicava.

Uma cortina de chita cobria a janela, que ficava permanentemente fechada. Apenas um fio de sol entrava de dia e um fio de lua à noite.

Em cima da cama uma meia dúzia de bonecos de pelúcia. Alguns eram da turma da Mônica, outros eram personagens de Walt Disney. Todos em perfeito estado, exceto o Pluto, que havia perdido uma orelha.

O quarto com aquela decoração de mau gosto estava sempre arrumadinho. Era ali naquele quarto que ele fazia amor sempre que podia, sempre pagando. Quando não estava na obra, quando não estava fazendo bico, consertando liquidificador, ferro elétrico ou enceradeira, ele estava lá naquela casa na avenida Paraná. E, quando perguntávamos por ele, vinha sempre a resposta:

– Ele vive no rendez-vous!

66

POSSO IR À CASINHA?

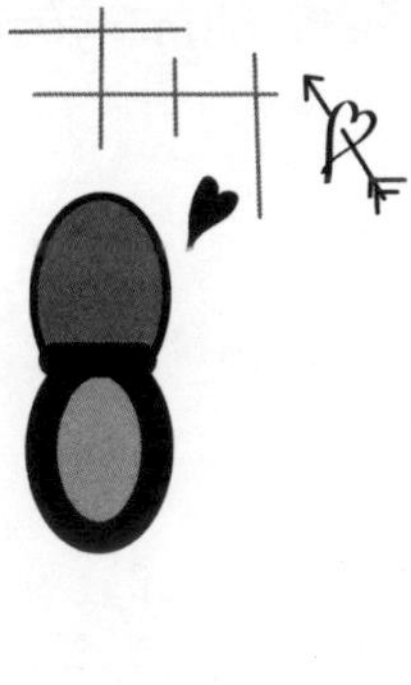

A aula começava pontualmente às 7 horas da manhã. Não era fácil estar lá tão cedo, principalmente no inverno, quando fazia frio, ou quando era uma segunda-feira. Mas lá estávamos nós firmes e fortes. Todos de pé diante da bandeira do

Brasil, que ia subindo lentamente. Quando batia no topo começávamos a cantar.

Ao Ginásio Caseb
Que na educação foi pioneiro
Em Brasília ensinando a lutar
Com a pena e o livro na mão...

O nosso fôlego dava até o último verso, que dizia mais ou menos assim:

Todas as glórias, sucessos
Amando a escola que é nosso lar
Nosso lar... do Brasil!

Em fila entrávamos na sala de aula e de lá só podíamos sair quando a sirene tocava, 9 horas em ponto, hora do recreio. Quando a vontade de ir ao banheiro apertava, levantávamos a mão e pedíamos:

– Posso ir na casinha?

A casinha era o banheiro que ficava perto da quadra de futebol de salão. Tínhamos de ir correndo, coisa de poucos minutos. Isso quando a professora deixava, porque ela sempre perguntava antes:

– Dá pra aguentar?

Era ali no banheiro que na hora do recreio escrevíamos com caneta Pilot o nome de nossas amadas: Dayse, Elizabeth, Tânia, Anita, Suzana. Os nomes estavam sempre envoltos em um coração flechado, muitas vezes pingando gotas de sangue. Era ali também que botávamos nossa raiva pra fora.

"Odeio o professor Odair!"

Isso quando não éramos mais taxativos:

"O professor Reinaldo é veado!"

Era na casinha também que apareciam as coisas engraçadinhas escritas na parede. Numa época em que o governador Carlos Lacerda resolveu acabar com os mendigos do Rio de Janeiro e foi acusado de eliminá-los sumariamente jogando-os em alto-mar, alguém escreveu:

"Jesus deu peixe aos pobres e Lacerda deu pobre aos peixes".

67

VOCÊ ESTÁ PROCURANDO SARNA PRA SE COÇAR

– Isso é falta de banho!

A bronca vinha da minha mãe quando ela via um de nós começar a coçar o corpo todo. Da barriga ia pro pescoço, passava pro braço, descia pras pernas. Era um inferno. E quando chegava o diagnóstico era sumário:

– Isso é sarna!

Ninguém sabia direito de onde vinha a tal sarna, talvez fosse mesmo falta de banho. Podia vir dos cachorros da casa, dos pombos no quintal, do gato do vizinho, mas, que ela vinha, isso ela vinha.

Não havia um só remédio em toda a medicina que curasse sarna da noite pro dia. Minha mãe primeiro preparava um banho de banheira com aquele pó roxo, permanganato de potássio. Mergulhava um de cada vez dentro daquele ofurô por mais de uma hora. Ali ficávamos sem poder nos mexer muito, no máximo ir passando as páginas do *Almanaque do Tio Patinhas*.

Depois desse banho de permanganato de potássio, vinha o banho de chuveiro com sabonete glicerinado. Era batata. Dois dias depois a sarna ia sumindo do corpo.

Mas procurar sarna pra se coçar era brigar feio com o professor de Química. Quem brigou levou pau. Procurar sarna pra se coçar era organizar briga de mamona entre a turma do bairro do Carmo e a do Sion.

Além de aprontar uma grande confusão, as mamonas que levávamos do adversário coçavam mais que sarna.

Quando a coceira não passava, a minha mãe olhava bem de pertinho aquela vermelhidão no corpo e dava um novo diagnóstico:

– Isso não é sarna! É cobreiro! Mas aí é outra história.

68

QUE DOR NA ESPINHA!

Aos 20 anos minha tia Lurdes tinha seis filhos: Nelson, Delson, Celso, Elcio, Lia e Leia. As duas últimas, gêmeas. Além de seis filhos aos 20 anos minha tia Lurdes tinha uma terrível dor na espinha que carregou nas costas durante toda a sua vida.

Ela, verdade seja dita, nunca foi muito chegada a um forno e fogão. Já idosa, convidava sua empregada para tomar o café-da-manhã na padaria porque fazer café em casa dava muito trabalho. Tia Lurdes também nunca esteve ligada ao batente. Dizem que foi a primeira mulher a comprar a vassoura Feiticeira por ser mais fácil de varrer. Mas deu de presente à faxineira porque pegar em vassoura não era com ela.

A vida da minha tia Lurdes não era brincadeira. Criar seis filhos com diferença de um ano de um para o outro não era fácil. Imagine enfrentar seis adolescentes debaixo do mesmo teto! Mas ela tinha uma arma poderosa:

– Que dor na espinha!

Essa era a senha para tia Lurdes parar imediatamente de fazer qualquer coisa, arrumar as malas e passar uma temporada na cidade de São Lourenço. A vida da minha tia era dividida entre a loucura de criar seis filhos em Belo Horizonte e a paz do Parque das Águas de São Lourenço, onde ela passava boa parte do ano recuperando as energias, de canequinha na mão, tomando aquelas águas estranhas.

Ninguém nunca exigiu dela um raio X da espinha nem mesmo uma tomografia computadorizada porque tomografia computadorizada ainda não havia. Era ela quem dava o diagnóstico sempre que a coisa apertava. Colocava o cigarrinho no canto da boca – sim, ela fumava já naquela época –, fazia uma cara meio azeda, consertava os óculos na cara, colocava a mão pra trás e dizia:

– Que dor na espinha!

Ia para São Lourenço sozinha, ela e Deus dentro de um ônibus enfrentando todos os buracos do caminho, a lama e as curvas, que eram muitas. Ela se instalava no Hotel Londres e ali ficava, literalmente, dando um tempo.

Enquanto a coisa fervia dentro da sua casa em Belo Horizonte, minha tia contemplava o céu azul de São Lourenço, percorrendo cada fonte de água mineral. Experimentando a gasosa, a sulfurosa, ela passava horas por ali lendo a *Ilusão*, a *Querida*, a *Jóia*. Minha tia era fascinada por essas revistas femininas.

Não tenho a menor idéia se minha tia Lurdes sabia que a coluna vertebral é dividida em quatro regiões: cervical, torácica, lombar e sacrococcígea. Não sabia se ali naquelas suas costas havia sete vértebras cervicais, doze torácicas, cinco lombares, cinco sacrais e cerca de quatro coccígeas.

Para minha tia era tudo uma coisa só, a tal da espinha que doía sempre quando a coisa apertava.

69

ESTÁ CHOVENDO CANIVETE

Quando cheguei a Cataguases pela primeira vez, era um garoto que vestia calças curtas, um tênis Bamba e uma camisa do Flamengo, daquelas de algodão, sem publicidade. De cara, adorei aquele lugar, o cheiro de mato, as ruas de pedra, o leite batido do Mocambo, o cine Edgard, a chácara de Dona Catarina, o Clube Social, o Recreio e o nosso Grande Hotel Villas, plantado ali suntuoso na praça Governador Valadares, projeto do arquiteto italiano Bergamini.

Mas o que mais me chamou atenção naquela cidade do interior de Minas Gerais foi um rio, o Pomba.

Minha tia Luizinha morava na rua Major Vieira, 286. Foi nessa casa que aprendi a admirar o Pomba. Ela tinha um quintal imenso, comprido, cheio de abacateiros. Lá no fundo passava o rio, rápido, caudaloso, marrom. Minha tia Luizinha não jogava nada fora, guardava tudo o que via pela frente. E era num barraco de madeira construído no quintal que ela guardava suas tralhas. De um prego enferrujado a uma velha Frigidaire que não gelava mais. De uma camisola do dia nunca usada a um relógio cuco que não cantava mais.

Foi nesse barraco que descobrimos um dia algumas varas de pescar abandonadas, algumas minhocas secas ainda do tempo do meu avô. Foi com essas varas que pescamos no Pomba pela primeira vez. Eram piabas, só peixes pequenos, mas encheram minha infância de felicidade.

Tinha um mês do ano que chovia em Cataguases os 30 dias. Não me lembro qual, mas sempre estávamos lá quando começava a temporada das grandes enchentes, muita água. E era ali na beira do Pomba que íamos medindo o volume de água vindo do céu. Espetávamos um bambu na beira do rio e poucas horas depois lá estava ele submerso. A cada dia, o rio ia subindo e se aproximando cada vez mais da casa da minha tia. Nunca chegou a entrar no barraco de madeira onde ela guardava suas inutilidades, mas chegou perto. Foi no dia em que a minha tia acordou de madrugada, abriu a janela que dava para o quintal e viu o rio a seus pés.

– Está chovendo canivete!

Nós acordamos assustados e da janela estreita em que minha tia ocupava a metade olhamos para o céu. E nada de canivete.

70

JÁ ENCOMENDARAM A CEGONHA?

Aos 18 anos as meninas arranjavam um namorado. Era assim mesmo que diziam:

– Arranjei um namorado!

Na verdade, elas não diziam, escondiam dos pais, que poderiam não aprovar o namoro, achar que aquilo não era idade para namoro, primeiro os estudos... Então elas namoravam escondido.

Primeiro a paquera, o flerte. A confirmação vinha com as mãos entrelaçadas. Aí, sim, já era namoro. O escurinho do cinema, a mão no ombro, o primeiro beijo tímido e desajeitado.

O namoro ficava sério quando o rapaz se apresentava. Ia até a casa da mocinha e conhecia o pai, a mãe. Quer dizer, o futuro sogro, a futura sogra. Ele sempre durão não dava muita bola. Ela, mais animada, conversava um pouco e até trazia um suco de groselha para ele numa bandeja de prata. Sinal que o namoro estava ficando sério.

Se não acabasse um dia ficavam noivos. Aliança nos dedos era sinal de que casariam e na medida do possível seriam felizes para sempre. Argola no dedo, já dava para ir num cinema sozinhos, na missa, numa festinha, até na Churrascaria Gaúcha sem acompanhantes.

– Para quando são os doces?

Toda família tinha uma tia que fazia essa pergunta só para deixar os noivos sem graça. E eles respondiam com aquela cara de tacho:

– É para breve!

Esse breve era geralmente dois, três anos. E um dia o casamento chegava. Noiva de branco, véu e grinalda. Igreja enfeitada, valsa nupcial, flores, chuva de arroz, choro. Os noivos emocionados recebiam os cumprimentos. Era uma festa. No final, bem-casados e bombons de uva-verde recheados coroavam o enlace.

Não dava outra. Dois meses depois o casal encontrava aquela tia que perguntava na lata:

– Já encomendaram a cegonha?

71

CONFESSEI E COMUNGUEI

Logo na primeira aula de catecismo aprendemos que pecar é desobedecer a Deus. E nós morríamos de medo de pecar, tínhamos medo até mesmo de comer uma maçã e cometer o pecado original, como Adão e Eva, que acabaram expulsos do paraíso.

A vaidade, a inveja, a ira, a preguiça, a avareza, a gula e a luxúria eram os pecados capitais. Eram mesmo, a minha mãe vivia dizendo pros filhos que não queriam tomar banho, arrumar a cama, tirar os pratos da mesa em que comeram:

– Preguiça é pecado!

Já o meu tio João não podia ver sobrinho enfiando a mão no baleiro e enchendo a mão em que vinha com a sua lição implacável:

– Gula é pecado!

Comungávamos todos os domingos para zerar os pecados. Mas para comungar era preciso antes confessar. Quem comungasse sem ter confessado ia para o inferno. O padre entrava no confessionário, fechava a cortininha e ficava ali sentado ouvindo os pecados dos outros, de nós, meninos.

Eu morria de medo de confessar, mas mesmo assim entrava na fila. Quando chegava a minha vez ajoelhava e, já que ajoelhava, tinha de confessar. O padre ficava ali dentro de ouvido em pé por trás de uma tela.

– Padre, eu pequei.

– Qual foi o seu pecado?

– Eu vi a calcinha da Lina?

– Foi sem querer?

Eu dizia que sim, mas não tinha sido tão sem querer. Eu bem que me inclinei pra ver. Era branquinha.

– Reze um pai-nosso e três ave-marias!

Eu saía dali aliviado, pronto para comungar. Havia conquistado o passaporte para o céu. Mas aquilo durava apenas uma semana. Sete dias depois lá estava eu confessando de novo, contando ao padre que roubei um chocolate no supermercado Serv-Bem, que falsifiquei a nota de Matemática no meu boletim, que não dividi a maçã com os meus irmãos e que vi novamente a calcinha da Lina.

Na hora da comunhão eu pedia perdão pelos meus pecados menores e entrava na fila. Quando chegava a minha vez abria a boca e o padre colocava aquela hóstia na minha língua. Ali ela ficava até derreter, porque diziam que se mordesse saía sangue.

Todo domingo quando eu chegava em casa no final da tarde a primeira pergunta que minha mãe fazia era:

– Foi à missa?

E eu, orgulhoso, respondia que sim. E mais:

– Confessei e comunguei!

72

ELE FOI ESTUDAR NO ESTRANGEIRO

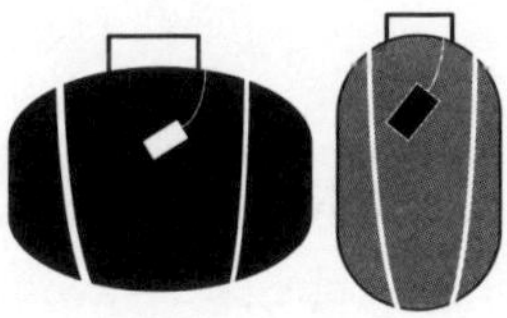

A notícia se espalhou rapidamente pela família. Tia Lurdes ligou para tia Lili, que ligou para Marlene, que ligou para tia Lilita, que ligou para Lúcia, que ligou para Marco, que espalhou a notícia.

– Delson vai estudar no estrangeiro!

Havia dois estrangeiros. Um mais perto, que era a América do Norte, e outro mais longe, que era a Europa. E Delson ia para muito, muito longe: Alemanha!

Todos sabiam que Delson era um crânio. Aprendeu a ler com 5 anos numa época em que as pessoas começavam a ler com 7, 8 anos. Sabia tudo de Física, Química e principalmente Matemática: logaritmos, tabela de tangentes, a fórmula de Bhaskara. Por isso fez engenharia, passou em primeiro lugar no vestibular mais disputado do país.

Formado, Delson agora ganhou uma bolsa para estudar no estrangeiro. E foi só a notícia chegar através de um telegrama que o meu tio Zezé já se arvorou e correu para a cidade. Voltou com um pacote de todo tamanho: cuecões, meias de lã, gorros, casacos pesados, botas.

– Alemanha faz frio!

O meu tio tinha pavor de frio e não queria ver o seu filho desagasalhado num país que vive abaixo de zero. Além de todo aquele aparato de lãs, ele começou a colocar dentro de uma mala goiabada cascão, marmelada, pacotinhos de K-Suco de guaraná, pé-de-moleque, cocada, um pacote de feijão-mulatinho, duas latas de feijoada da Swift, a revista *Manchete* e o livro *Grande Sertão: Veredas*, do Guimarães Rosa.

– Não quero ver o meu filho com saudade do Brasil.

E foi carregando esse peso todo nas costas que Delson levantou vôo num avião da Lufthansa rumo a Berlim.

Durante dois anos estudou, trabalhou, aprendeu o alemão, escreveu cartas, mandou fotografias dele na neve. E, toda vez que alguém perguntava por Delson, a família inteira estufava o peito e dizia com orgulho:

– Ele foi estudar no estrangeiro!

73

ELE FOI SENTAR PRAÇA

O sonho de Generaldo era ser jogador de futebol. Ninguém sabia seu nome ao certo, se era Geraldo ou Genivaldo ou quem sabe Generaldo mesmo. Aos 17 anos entrou pela primeira vez no campo vestindo a camisa do Palmeirense de

Ponte Nova. Era uma partida contra o Operário de Cataguases, e Generaldo fez bonito.

Aos oito minutos do primeiro tempo, depois de fazer uma jogada celestial em gol, tabelou, driblou dois zagueiros, deu um toque, driblou o goleiro. Só não entrou com bola e tudo porque teve humildade em gol. Generaldo era uma espécie de Fio Maravilha.

O Palmeirense de Ponte Nova não era o Verdão, o seu campinho era de grama rala e quem a aparava, de tempos em tempos e de graça, era um carneiro. As traves eram de madeira empenada e a rede de segunda mão, remendada.

O uniforme era surrado, as meias sempre furadas, as joelheiras esfoladas, os números nas costas mal costurados, as chuteiras faltando travas, o Palmeirense era um desastre. Mas mesmo assim orgulho da torcida, fiel, fanática.

O sonho de Generaldo era começar ali e um dia quem sabe fazer tremer o Maracanã. No primeiro dia que entrou em campo Generaldo fez questão de tirar uma foto com o time, ele era o segundo da esquerda, ajoelhado.

Aquele gol aos oito minutos do primeiro tempo consagrou o craque. Saiu de campo carregado ao som da galera, que assim gritava:

– Generaldo!
– Generaldo!
– Generaldo!

Mas a alegria do pobre Generaldo durou pouco. Depois de apenas três partidas defendendo a camisa do Palmeirense, Generaldo foi chamado para servir o Exército. De nada adiantou a intervenção de um pistolão, diretor do clube.

Um dia antes da partida contra o Granjaria, Generaldo se apresentou. Recebeu uma camiseta branca, um macacão verde-oliva, uma bota de cano longo e um quepe. Passou na barbearia, onde lhe fizeram um caprichado corte à moda príncipe Danilo. Generaldo virou outro.

E naquele jogo contra o Pau d'Alho, quando a galera perguntava cadê o Generaldo, o seu irmão que também sonhava ser jogador de futebol dizia:

– Ele foi sentar praça!

74

CHEIO DE NOVE-HORAS

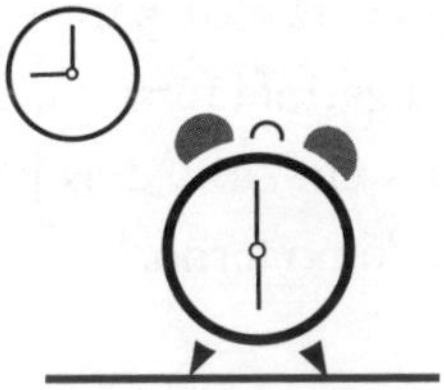

Caríssimo – como pode alguém se chamar Caríssimo – acordava todos os dias às seis horas em ponto. O despertador estava programado havia mais de 20 anos. Todas as noites, antes de tomar uma caneca de café com leite, de vestir o pijama de listras, arrumar a cama esticando bem o lençol e de rezar um pai-nosso e dez ave-marias, Caríssimo puxava o pino do despertador que o acordaria às seis horas em ponto.

Quando o triiiim o despertava, Caríssimo batia a mão na campainha, fechava os olhos, agradecia a Deus por mais um dia e levantava-se com cuidado para colocar primeiro o pé direito no chão, jamais o esquerdo. Enfiava os pés num chinelo de couro e ia arrastando até o banheiro, onde fazia o primeiro xixi do dia.

Caríssimo arrumava a mesa para ele e para a mulher. Duas xícaras, dois pratinhos, a leiteira, a garrafa térmica, um vidro de biscoitos Maria, a geléia de uva feita em casa, dois pedaços de mamão. O pão, só depois de esquentá-lo no forno.

Após o café-da-manhã, trocava a roupa e ia regar as plantas, muitas plantas que tinha no quintal. Uma horta de dar gosto, com couve, jiló, alface, quiabo, cenoura, chuchu, abobrinha, couve-flor, tomate, pepino. Regada a horta, ele caminhava até o fundo do quintal onde estavam as árvores frutíferas. Uma jabuticabeira, duas mangueiras, uma pitangueira, várias goiabeiras, três mamoeiros e um pé de caqui. Olhava, olhava e, quando avistava uma fruta madura, pegava o seu bambu que tinha na ponta uma latinha. Era com essa engenhoca que Caríssimo colhia as frutas.

O dia de Caríssimo era uma rotina só, quase nenhuma novidade. De segunda a sexta era exatamente a mesma coisa que fazia sempre na mesma ordem. Por exemplo, mesmo que estivesse chovendo ele pegava o regador, o guarda-chuva e ia regar a horta. Caríssimo era assim.

Nos fins de semana ele quebrava a rotina. No sábado ia à livraria que ficava na pracinha central, perto do cinema. Escolhia um livro, tomava uma cerveja, comprava o jornal e lia, da primeira à última página, inclusive os classificados. Não era muita coisa porque o jornal da cidade onde morava, apesar de sair apenas aos sábados, raramente passava de seis páginas.

No domingo Caríssimo ia à missa das 7. Não era a missa das 6 nem das 8, era a missa das 7. Confessava, comungava e ia para casa ajudar a mulher na cozinha. Todo domingo ela preparava uma macarronada e um frango ao molho pardo.

Caríssimo passou a ter essa vida metódica desde que aposentou. Apesar de acordar todos os dias às seis horas em ponto, era um homem cheio de nove-horas.

75

APROVEITE QUE ESTÁ DE PÉ E MUDE DE CANAL

Ninguém ficava parado. Fazer exercício era uma coisa do dia-a-dia, das 24 horas do dia, sem pensar muito, sem pagar academia.

As mulheres varriam o chão, espanavam os móveis e uma vez por semana passavam o aspirador na casa inteira. De 15 em 15 dias era a palha de aço no chão, esfregando com o pé pra lá e pra cá.

Os homens carregavam balaios e caixotes nos mercados. Balaios de vime e caixotes de madeira, pesados.

As lavadeiras equilibravam gigantescas trouxas de roupa na cabeça, sem contar as latas d'água em galões de 30 litros.

O carro ficava na garagem e para tirá-lo era preciso abrir o portão, sair com o carro, descer do carro e fechar o portão. Dentro dele o esforço era para abrir o vidro virando uma manivelinha na porta.

Andávamos a pé até o armazém, até a farmácia, a banca de jornal, o bar. Íamos a pé à missa e na missa sentávamos, ajoelhávamos e ficávamos de pé.

No escritório sentávamos em cadeiras de madeira, quiçá uma mais moderna de aço da marca Fiel. Levantávamos para tomar café, para buscar um telex, para tirar uma fotocópia. Batíamos pesadas máquinas Remington. No final de cada linha tínhamos de puxar o rolo para começar uma nova linha.

À noite mexíamos panelas para esquentar a comida. Uma, outra e outra, todas ao mesmo tempo para não queimar o arroz, o feijão, a verdura. Batíamos bife com um martelinho, toc-toc-toc, até a carne ficar fina e macia.

Mas é claro que sempre teve aquele adepto da lei do menor esforço. Aquele que ficava sentado no sofá assistindo à televisão, esperando alguém levantar para pedir:

– Aproveite que você está de pé e mude de canal...

76

ELE DEVE ATÉ O ÚLTIMO FIO DE CABELO

34

Jurandir era conhecido na praça por dever a Deus e o mundo. Não vivia no vermelho porque não havia para ele cheque especial. Nem para ninguém. Quando a coisa apertava Jurandir apelava para agiotas e em seguida começava a correr deles.

Não atendia telefone.
Ignorava a campainha.
Não assinava recebimento de telegrama.

Jurandir, durante anos e anos, gastava todos os meses o dobro do que recebia, e não era muito o que Jurandir recebia. No dia do pagamento, antes que algum credor aparecesse na sua frente, Jurandir passava no Açougue Central e comprava um pedaço de picanha, linguiça, coraçõezinhos de galinha, carvão, sal grosso, uma dúzia de Brahmas, uma garrafa de Tatuzinho, limão, açúcar e gelo.

Era com um churrasco amigo que Jurandir começava o mês e abria novos créditos. Jurandir devia, não negava, pagava quando pudesse. Geralmente no dia de São Nunca. Jurandir vivia com a corda no pescoço.

Uma bandinha vestida de vermelho costumava bater na porta de devedores, e ali naquela rua onde Jurandir morava a presença da banda era constante.

– Tundum tundum tundum...

E lá vinham os homens de vermelho batendo tambor, tocando corneta, sacudindo o pandeiro, agitando o triângulo.

– Ê Jurandir!

Era o único comentário que os vizinhos faziam, já sabendo que a banda se dirigia ao número 34, casa de Jurandir.

Ele comprou geladeira e não pagou. Comprou fogão e não pagou. Comprou conjunto estofado e ficou devendo. O televisor parou na primeira folha do carnê da Bemoreira. Devia no atacado e no varejo, secos e molhados. Devia na farmácia, no botequim, no açougue, na padaria, no florista.

– Essa vou ficar te devendo!

Jurandir passou a vida inteira assim, devendo. E quando morreu Jurandir devia até o último fio de cabelo.

77

OLHA O PASSARINHO!

Lá no início dos anos 70 eu estava numa praça no centro de Istambul quando se aproximou uma garota de uns vinte e poucos anos trajando uma saia rodada de flores, uma camiseta colada ao corpo, sandálias de couro nos pés. Ela carregava uma sacola de pano com alguns livros, canetas coloridas e folhas soltas, algumas escritas, outras em branco.

Depois de um papo torto falando metade em francês, metade em inglês tosco, ela me confessou:

– Eu vivo como os passarinhos!

Imaginei logo aqueles pardais que vivem espalhados pelo mundo, com aquela mesma carinha safada, saltitando aqui e ali, ciscando migalhas, se esfregando no chão, bebendo água de poça. Não tem lugar no mundo onde não tenha pardais. A moça não era assim um pardal, um *piaf*, como se diz em francês, mas tinha, sim, uma carinha safada e um ar de liberdade.

Sempre gostei de passarinhos. Quando criança cheguei a ser criador. Periquitos, bigodinhos, canários, cardeais, curiós, todos presos em gaiolas. Meus passarinhos tinham nomes e registro. Sabia direitinho quem era pai de quem, mãe de quem. O meu orgulho era um pintagol verde-amarelado, cruzamento de um canário-belga com uma pintassilgo. Como cantava!

Esse tinha história. Um dia foi parar num acampamento no Cruzeiro, cidade-satélite de Brasília, onde um gavião comeu sua asa e levou um olho. Brasília tinha muito gavião naquela época. O meu pintassilgo nunca mais subiu num poleiro, mas não perdeu o canto, virou uma espécie de assum preto que, mesmo cego dos óio, não vendo a luz canta de dor.

Cresci e achei que era crueldade manter pássaros em gaiolas.

Desfiz-me de todos, todos mesmo. Foram embora dentro daquelas pequenas jaulas porque não podia soltá-los, os coitadinhos já não sabiam voar, morreriam na primeira esquina.

Hoje vivo na maior cidade da América do Sul, rodeado de passarinhos, todos eles soltos. Por volta de cinco da manhã é um sabiá que pousa na janela do meu escritório à procura de uma frutinha vermelha plantada na jardineira. Solta um canto forte que sempre me acorda.

Depois chega um casal de azulão na varanda do meu apartamento para comer do bom e do melhor. Foi lá que instalei um comedouro com grãos de todos os tipos: alpiste, semente de girassol, farelo, painço. Eles adoram. Comem, bebem água num bebedouro estrategicamente instalado ao lado do comedouro. Olham-me desconfiados e voam.

Mais tarde, por volta das dez da manhã, chega um casal muito simpático. Já me disseram que é um saí-bico-fino, mas não tenho certeza. A fêmea resolveu adotar o ninho feito de tronco de madeira que coloquei lá faz anos, na esperança de algum dia um sem-teto vir habitá-lo. Parece que a fêmea gostou. Chega todas as manhãs trazendo gravetos na boca e vai organizando tudo lá dentro. Se ela vai colocar ovinhos, chocar, não sei, são muito ariscos.

Mas a melhor lembrança que tenho de passarinho é a do meu pai. Aos domingos ele costumava aprontar todos os filhos, colocar terninho nos meninos e vestidos rodados nas meninas. Íamos para o alpendre da nossa casa e ele pedia a cada um para ficar num degrau. A mais velha ficava no degrau mais alto e a caçula no mais baixo. Quando formávamos aquela escadinha ele pedia para olhar bem para a lente da sua Rolleiflex e dizia:

– Olha o passarinho!

78

A VACA FOI PRO BREJO

A vaca talvez seja o ruminante que mais anda na boca do povo. Não a vaca Estrela, a Pintada, a Mimosa. A vaca de um modo geral. Conheço gente de cidade grande que nunca viu uma vaca de verdade. Aquela vaca com tetas enormes, balançando o rabo, ruminando capim, cheirando a pasto. Enfim, uma vaca!

Voltando à vaca fria, vamos falar das outras vacas, aquelas que andam na boca do povo.

– Você é uma vaca!

Foi assim que um amigo meu se despediu para sempre da *concierge* do prédio onde morava. Ela, que vivia empombando com ele desde o dia em que se mudara para aquele apartamento minúsculo no sétimo andar da Rue des Écoles, em Paris. Só que ele fez a tradução: *Vous êtes une vache, madame!*

– Vaca atolada!

Quem não gosta daquele prato mineiro que leva costela de vaca sem gordura, mandioquinha descascada, alho, cebola, caldo de costela, açúcar, óleo de soja, pimenta-do-reino, manjericão e alecrim e sal a gosto?

– Vamos fazer uma vaquinha!

Era assim que a gente combinava uma cervejada toda sexta-feira depois do expediente. Um trocado aqui, outro ali, e estava feita a vaquinha para a cervejada e o petisco.

– Que avacalhação!

Gritávamos nós na geral do Estádio Independência quando o

América saía de campo derrotado por 2x0 para o Democrata Futebol Clube.

Um dia Caetano Veloso compôs "Vaca profana", em que misturava Barcelona, Nápoles, Londres, Bahia, Rio e o meu belíssimo horizonte.

Respeito muito minhas lágrimas
Mas ainda mais minha risada
Inscrevo, assim, minhas palavras
Na voz de uma mulher sagrada
Vaca profana, põe teus cornos
Pra fora e acima da manada
Vaca profana, põe teus cornos
Pra fora e acima da manada
Dona das divinas tetas
Derrama o leite bom na minha cara
E o leite mau na cara dos caretas

Mais tarde resolveram valorizar a vaca. Fizeram delas arte e espalharam animais belíssimos pelos quatro cantos do mundo numa grande *Cow Parade*. Tinha vaca Carmen Miranda, vaca zen, vaca xadrez, vaca em formato de caixinha de leite, vaca perua, vaca azul.

No dia em que vi uma partida ao meio estacionada na esquina de Lopes Quintas com Jardim Botânico, pensei com os meus botões:

– A vaca foi pro brejo!

79

ELE FUNDIU A CUCA DE VOCÊS

Houve uma época em que as pessoas viviam encucadas. Bastava passar uma viatura da polícia na rua que logo imaginávamos que a repressão estava batendo à nossa porta. E muitas vezes estava mesmo.

As pessoas viviam mesmo encucadas. Será que aquela menina está apaixonada por mim? Será que vou ser demitido? Será que o ônibus vai demorar a passar? Será que esse avião vai cair? Será que tia Luizinha vai se casar? Será que ele é maricas?

Havia também pessoas que eram lelés da cuca. No meu bairro tinha o Zé Bobo e a Maria Salsicha. Zé Bobo começava a falar quando abria os olhos de manhã e só parava quando fechava, tarde da noite. Era a única pessoa do Carmo que não pagava bonde e não havia quem o fizesse pagar. Só pegava o bonde andando e descia toda vez que o cobrador se aproximava.

Já Maria Salsicha, que ganhou esse apelido seguramente fazendo jus a suas canelas finas, também falava sem parar. Ela usava várias meias soquetes, umas por cima das outras, e passava o dia a xingar as pessoas que a chamavam de Maria Salsicha porque tinha certeza que não era nem salsicha, nem doida.

– Maria Salsicha é a mãe!

Zé Bobo e Maria Salsicha eram simplesmente lelés da cuca e nada mais. Como lelé da cuca era aquele homem que morava no Boulevard Voltaire e andava pelas ruas de Paris vestido de Napoleão.

Em 1968, Caetano Veloso subiu ao palco de um festival para defender a música "É proibido proibir". Com a voz abafada pelas vaias, ele explodiu e fez um discurso que entrou para a história e terminava assim:

"Eu quero dizer ao júri: me desclassifique. Eu não tenho nada a ver com isso. Nada a ver com isso. Gilberto Gil! Gilberto Gil está comigo, para nós acabarmos com o festival e com toda a imbecilidade que reina no Brasil. Acabar com tudo isso de uma vez. Nós só entramos no festival pra isso. Não é Gil? Não fingimos. Não fingimos aqui que desconhecemos o que seja festival, não. Ninguém nunca me ouviu falar assim. Entendeu? Eu só queria dizer isso, baby. Sabe como é? Nós, eu e ele, tivemos a coragem de entrar em todas as estruturas e sair de todas. E vocês? Se vocês forem... se vocês forem, em política, forem como são em estética, estamos feitos! Me desclassifiquem junto com o Gil! Junto com ele, tá entendendo? E quanto a vocês... O júri é muito simpático, mas é incompetente. Deus está solto! Fora do tom, sem melodia. Como é júri? Não acertaram? Qualificaram a melodia do Gilberto Gil? Ficaram por fora. Gil fundiu a cuca de vocês, hein? É assim que eu quero ver. Chega!"

80

JOSÉ DOS ANZÓIS CARAPUÇA

Entre Fulano, Beltrano e Sicrano, Fulano era o único que tinha sobrenome: Fulano de Tal! Quem são, não sei, talvez um Zé Ninguém.

Como um Zé Ninguém era também o tal José dos Anzóis Carapuça. Preencher formulários sem a menor importância era a coisa mais fácil do mundo.

– Coloca aí José dos Anzóis Carapuça!

Mas cuidado, ele existe. Pelo menos no admirável mundo novo da internet o tal José dos Anzóis Carapuça existe. Quer saber mais sobre ele?

José dos Anzóis Carapuça mora na rua dos Frades, 421, no bairro Cabana do Meio, na cidade de Rio do Mato, Minas Gerais. O endereço do José dos Anzóis Carapuça tem até CEP: 36.350-000!

Ele nasceu no dia 13 de fevereiro de 1982. É programador de sistemas web com experiência em HTML, CSS, JavaScript, ASP, PHP, Flash, ActionScript e banco de dados, com grande capacidade para absorver e desenvolver novas tecnologias, espírito empreendedor com grande aptidão para identificar problemas e desenvolver soluções para otimizar a rotina de trabalho.

José dos Anzóis Carapuça não é fraco, não!

Entre setembro de 2002 e agosto de 2003 trabalhou na implantação de sistema de controle de entrada e saída de processos judiciais que proporcionou maior segurança na movimentação e localização dos autos. Tudo isso na Torres e Macedo Advocacia.

Entre outubro de 2004 e junho de 2005 trabalhou na implantação e desenvolvimento de sistema de inventário de produtos e atendimento de pedidos que automatizou os processos de tele-entrega, proporcionando grande economia de tempo e maior segurança nas informações na empresa DrogaBets Ltda.

José dos Anzóis Carapuça é um homem que tem experiência!

Foi entre julho de 2005 e junho de 2006 que desenvolveu vários projetos de websites dinâmicos para diferentes clientes da Intelinet Ltda., o que gerou grande experiência em programação voltada para a web utilizando HTML, CSS, JavaScript, ASP, PHP, Flash, ActionScript e banco de dados.

José dos Anzóis Carapuça concluiu em 2004 a Faculdade de Computação do Rio do Mato. Se tudo é verdade, não sei, mas está lá na internet. Só sei que José dos Anzóis Carapuça não é um Beltrano, um Sicrano, um Fulano de Tal qualquer, não.

81

ESSE MENINO ESTÁ COM A ESPINHELA CAÍDA

Muitas crianças nasciam em casa nas mãos de parteiras. A primeira atitude era a palmada na bundinha! Tinha de chorar o mais rápido possível. Dar aquele berro cunhéééé! Menino que não chorava logo é porque ia ficar retardado mental.

Cortava-se o umbigo e colocava-se uma moeda grande de 2 mil réis para que ele não estufasse. Embrulhava o coitadinho do bebê como uma pequena múmia, e era assim que ele ia pro berço.

Banho, nem pensar, enquanto o umbigo não caísse. Com poucos dias a boca ficava cheia de sapinho, de dar dó. Roxinha, roxinha. Polvilho era salpicado para que aquelas brotoejas sumissem logo. Enquanto não era batizado o bebê dormia com uma luz acesa em qualquer canto da casa. Pagão dormir no escuro era um risco, quase pecado.

Depois vinha o Nenê-Dente para que ele não sofresse muito com a chegada do primeiro, do segundo, do terceiro. Para falar o mais rápido possível, água na casca do ovo. E tome água na casca de ovo!

Na minha família um dos sobrinhos só falou com 2 anos, deixando a mãe em pânico. De tanto ele ouvir aquela ladainha, suas três primeiras palavras foram: água, casca e ovo. Depois, nunca mais parou de falar.

Mas o que preocupava mesmo era a tal da espinhela caída. Menino abatido, colocava-se a mão no centro do peito e logo se sentia aquele fundo.

– Tá com a espinhela caída!

E não havia remédio que curasse aquele mal que ninguém sabia de onde vinha nem quando desapareceria. A medicina explica que espinhela caída é uma anomalia do apêndice xifóide, tendo como resultado uma síndrome muito complexa, com uma variada gama de sintomas, conhecida em vários países. A espinhela não pode "cair", de fato, mas relaxar-se ou curvar-se, por vários motivos, inclusive uma tosse violenta, causando reflexos sobre estômago, diafragma, pâncreas, fígado e, portanto, gastralgias, vômitos, perturbações respiratórias, pancreáticas, hepáticas e languidez de todo o corpo.

Complicado, não é?

Segundo o professor Clermont de Miranda, o conceito de espinhela caída existia entre os ameríndios, antes da chegada de Colombo. Na verdade, ele persistiu até a minha adolescência.

O sintoma era um só: criança abatida, olhar profundo, triste. Que só curava com reza:

– Jesus Cristo nasceu/espinhela caiu/Jesus Cristo levantou, espinhela emborcou/Jesus Cristo ressuscitou/Espinhela consertou!

Com essa reza, não tinha menino que não se recuperasse, abrisse bem os olhinhos, respirasse fundo e soltasse um sorriso no canto da boca.

– Espinhela consertou!

82

CUIDADO PARA NÃO ARRANHAR O DISCO

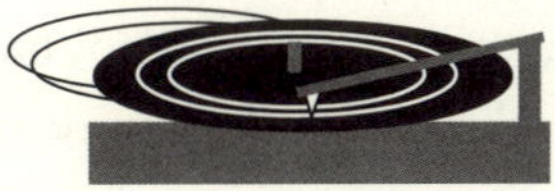

Ele tinha uma verdadeira paixão por Dilermando Reis. Paixão que aumentou ainda mais quando soube que o violonista estava dando aulas para Maristela, filha de Juscelino Kubitschek. Aliás, eram duas as suas paixões: Dilermando Reis e JK.

De JK guardava todos os exemplares da revista *Manchete* em que ele aparecia na capa. Alguns exemplares também da O *Cruzeiro*, mas a maioria era mesmo da *Manchete*. Guardava ainda numa pasta de cartolina verde os discursos do presidente e, plastificado, o da inauguração de Brasília.

De Dilermando Reis tinha todos os discos. Absolutamente todos. Eram dez discos de vinil em 78 rpm, vinte LPs e um álbum de sete volumes chamado *Uma Voz e um Violão em Serenata*, que gravou com o cantor Francisco Petrônio.

Esses discos eram guardados como um tesouro, neles quase ninguém podia tocar. Eram ouvidos apenas nos fins de semana, sábado a partir de dez, onze horas da manhã e domingo o dia inteiro. O espetáculo começava sempre com a valsa "Noite da Lua" e terminava quase sempre com o choro "Magoado".

– Violão é o de Dilermando Reis, o resto é bobagem!

A coleção Dilermando ficava guardada dentro de uma caixa de madeira de lei, bem fechada para não entrar poeira, dentro de um dos móveis coloniais que havia na copa.

– Cuidado com esses discos!

E todo cuidado era pouco. Dentro da caixa havia uma flanela de cor creme própria para limpar discos de vinil. Antes de colocá-los no prato da vitrola, ele passava aquela flanela vagarosamente em cada um, sempre no sentido da música. Soprar jamais. Era apenas a flanela que deslizava pelos sulcos, numa operação bem tranquila.

Sem colocar os dedos nas faixas, levava aquele objeto do desejo para a vitrola com a delicadeza de um monge zen. E quando começava a girar e vinha o som do dedilhar do violão...

– Noite da Lua! Que beleza!

E quando o disco terminava, a agulha subia e voltava para o seu lugar, ele pedia a alguém para retirar da bandeja e colocar outro, mas sempre advertindo:

– Cuidado para não arranhar o disco!

83

VIU A TROMBADA?

O barulho vinha surdo e seco depois de uma prolongada freada. Em poucos minutos subia um cheiro de borracha queimada e a correria.

– Viu a trombada?

Toda semana tinha uma trombada no início da BR-3, a estrada que liga Minas ao Rio. Era uma reta longa e em declive. Os caminhões desciam pesados e os freios falhavam. Como havia trombada! Ninguém falava em acidente ou batida. Era trombada.

Não faltavam curiosos. Blandina desligava o fogo do fogão, limpava as mãos no pano de prato, passava um pente no cabelo e corria para ver a trombada.

Seu Licurgo ajeitava os óculos, deixava o *Estado de Minas* de lado e ia até a janela para ver se conseguia enxergar onde fora a trombada.

Dona Anita largava a mangueira ligada ali no jardim, soltava um "minha Nossa Senhora!", um "meu glorioso São Cristóvão", e corria para o local da trombada. Saía arrastando um chinelo de couro e perguntando:

– Será que é alguém conhecido?

Dona Geni punha as mãos na cabeça e começava a rezar. A meninada corria em algazarra seguindo o cheiro de borracha queimada. Muitas vezes a trombada não era nada grave. O caminhão perdia o freio e parava numa muralha de concreto que os funcionários do Posto Texaco, cansados de tanta trombada, construíram com as próprias mãos.

O que se via era um caminhão saindo fumaça, a frente destroçada e um motorista às vezes com um leve corte na testa.

– Que trombada!

Vinha o guincho e enquanto o caminhão não era retirado uma multidão de curiosos ficava ali jogando areia no óleo derramado, comentando o estrago, a trombada de hoje e qual seria a próxima. Trombada era o que não faltava ali no início da BR-3, a estrada que nos levava para o mar.

84

ELE É UM CRÂNIO

Pedrinho sabia tudo. Aos 6 anos de idade foi aplaudido de pé quando improvisou o discurso de formatura no jardim de infância. Aos 17 passou em primeiro lugar nos seis vestibulares que fez. Aos 22 anos já havia passado por todas as editorias do maior jornal do país. Começou no caderno Cidades, depois Exterior, Ciência, Economia, Política.

– Pedrinho é um crânio.

Pedrinho pesava pouco mais de 50 quilos e usava óculos fundo de garrafa para poder enxergar o mundo. Aos 18 anos Pedrinho falava espanhol, italiano, inglês e francês. Aos 20, alemão e as primeiras palavras em árabe.

Pedrinho vivia desconfiado. Sem ter certeza que Pessoa era poesia, Bob Marley era reggae, Boff era teologia e Kant filosofia.

Ainda imberbe já havia lido os clássicos. Machado, Eça, Graciliano, Euclides e Olavo.

Um dia Pedrinho se viu diante de uma platéia em Boston, onde falaria sobre jazz numa aula inaugural na Escola de Música. Para quem estava acostumado a citar Samuel Coleridge, Lord Byron, De Quincy, John Milton, Schlegel, Richter e Eric Rohmer em sua coluna semanal, qual o problema falar um pouco sobre a história do jazz?

Tudo menos Armstrong, Miles Davis, John Coltrane, Ella, Billie, Mahalia ou Thelonius Monk. Quiçá Duke Ellington e Charlie Parker. Pedrinho queria ir mais longe.

Começou falando do "Texas blues" de Lightnin' Hopkins e da célebre guitarra de Chicago da pré-guerra, a guitarra de Big Bill Broonzy. Citou o bluesman Champion Jack Dupree, Zydeco Clifton Chenier, Johnny Dodds e Jack Teagarden.

Colocou para a platéia ouvir "The touch of your lips", de Ray Noble, na voz de Henry Red Allen e perguntou:

– Quem quiser saber um pouco da história do jazz comece ouvindo a canção "Lonesome house blues" interpretada por Blind Lemon Jefferson.

Foi aplaudido de pé no final da aula inaugural na Escola de Música, mais ou menos da mesma maneira que havia sido aplaudido no jardim de infância aos 6 anos de idade.

– Ele é um crânio! –, comentavam as pessoas na saída.

85

ENTREGUEI A RAPADURA

Ele aposentou no dia 1º de janeiro e a partir de fevereiro, logo depois do Carnaval, decidiu passar todos os fins de semana na casa de praia. Chegava, se instalava numa confortável cadeira de lona azul com listras brancas e começava a olhar os pés. Era a primeira coisa que fazia.

– O da direita está mais inchado que o da esquerda!

Lá fora o calor soprava junto com o vento que vinha do mar. Uma gaivota tentava se equilibrar naquele vento encanado seguindo um barco de porte médio que deslizava rumo ao horizonte.

A paisagem vista da varanda, apesar de bela, parecia pouco interessar ao aposentado, que continuava olhando os pés, ora um, ora outro.

– Agora os dois estão inchados.

Ele não gostava de ir ao médico. A última vez que entrou num hospital fora há 26 anos, quando nasceu a terceira filha, a caçula. Remédio, nem pensar. Só tomava Aspirina quando a dor de cabeça chegava à nuca.

Há 12 horas o aposentado estava ali sentado observando os pés. A família foi e voltou da praia, e ele ali.

– Engraçado, agora desinchou.

A família ficou um pouco mais animada.

– Já que desinchou vamos dar uma caminhada na praia. E o aposentado apenas fazia sinal negativo com os dedos, olhando para os pés, esperando que um deles inchasse novamente de um minuto para o outro. A mulher insistiu pela terceira vez e em seguida desistiu:

– Entreguei a rapadura!

86

RISQUEI DO MAPA

No dia seguinte em que Arthur da Costa e Silva virou presidente da República começaram as piadas.

– Sabia que o Costa e Silva ligou para a Varig e perguntou quanto tempo demora um vôo do Rio até Tóquio e, quando a telefonista disse um minutinho, ele falou obrigado e desligou?

E as piadas não pararam por aí.

– Viu que queriam matar o Costa e Silva?

– É mesmo?

– É. Construíram um mata-burro na porta da casa dele!

Um dia Costa e Silva quis sobrevoar algumas regiões do Brasil num avião da FAB.

– Excelência, o que o senhor está vendo aí embaixo é o Estado de Goiás.

Ao ver aquelas plantações lá embaixo ele comentou, intrigado:

– Não é possível. No mapa Goiás é roxo...

Os mapas mais antigos de que o homem tem conhecimento foram encontrados na cidade de Hank Sukur, na Turquia, há mais de 6 mil anos. Os astecas, os esquimós, os povos sempre gostaram de fazer mapas. Sem GPS, o jeito era tentar colocar no pergaminho aquilo que seria um mapa.

Tem lugares que não estão no mapa. Quando você diz que alguém foi pro fim do mundo, esse lugar não está no mapa, certamente.

Eu tinha uma tia que se separou do marido ainda muito jovem. Continuava apaixonadíssima por ele, mas não dava o braço a torcer.

– Ivo é uma página virada!

Não era verdade, a gente sabia, porque ela falava nele todo dia. Ivo era bonitão, galã, e minha tia não se conformava em ter se separado dele. Trinta anos de separação e, quando alguém perguntava por Ivo, ela respondia:

– Risquei do mapa!

87

ELA É MUITO PRAFRENTEX

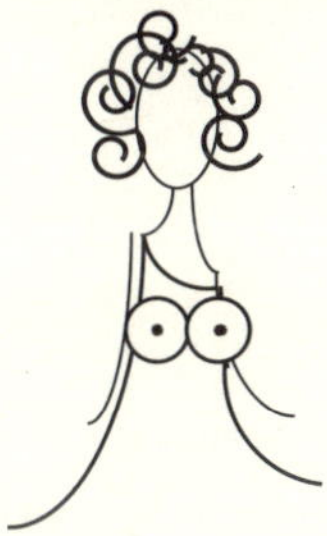

No auge da ditadura os militares brasileiros deram o grito de alerta:

– Este é um país que vai pra frente!

Como este país é uma piada, algum gaiato completou:

– ...da televisão!

Outro já pensou diferente:

– Vai pra frente porque a polícia vem atrás!

Na Copa de 70, antes da partida da seleção para o México, Miguel Gustavo pôs uma canção na parada de sucessos: "Pra frente Brasil!"

E o país inteiro entoou o hit:

Noventa milhões em ação
Pra frente Brasil
Salve a seleção!

Mas pra frente mesmo era a Silvia, colega do Colégio de Aplicação. Silvia usava uma minissaia de quatro dedos, não se depilava, não penteava os cabelos encaracolados, beijava em praça pública e não usava sutiã. Ela foi uma daquelas que saíram às ruas para queimar e queimou os três De Millus que tinha, presente da mãe.

Silvia usava óculos redondos como os de John Lennon e andava com livros e mais livros de Simone de Beauvoir debaixo do braço. Fã de Angela Davis e Betty Friedan, Silvia era a única da turma que topava tomar cerveja depois da aula.

Minha mãe nunca gostou dela, tampouco minhas tias. Toda vez que ela ia à minha casa eu ouvia aquela ladainha:

– Essa menina é muito pra frente!

E era mesmo. Um dia uma tia viu Silvia fazendo um discurso sobre Carlos Marighela e veio me falar no ouvido:

– Como essa menina é prafrentex!

88

VOCÊ É UM BOCO MOCO

Todo mundo só tomava Coca-Cola. Isso é que era! Eram garrafinhas de vidro, a pequena, a média e depois apareceu a de um litro, tamanho família. As famílias eram grandes e aos domingos tomavam Coca-Cola comendo macarronada com frango.

O guaraná era coisa nossa, em garrafas com rótulo de papel, só apareciam nas mesas de aniversário de criança. Guaraná Champagne Antarctica muitas vezes era servido em taça, principalmente quando era para visita.

Enquanto todos os refrigerantes davam brindes que vinham escritos no fundo da tampinha, aquela surpresa escondida debaixo da cortiça, o guaraná resistia bravamente. A propaganda na televisão em preto e branco dava o alerta:

– Não troque o seu bom gosto por quinquilharias!

Mas o guaraná só entrou mesmo na roda da juventude quando, de repente, apareceu o Teobaldo, o Boco Moco. Boco Moco era a mais nova e perfeita tradução de cafona, jeca, fora de moda. E o guaraná Antarctica era a senha contra os ataques do Boco Moco.

Arapuã, o pai da criança, jurava de pés juntos que a palavra não nasceu da junção de bocó (bobo) com mocorongo (trapalhão). Mas a verdade é que naqueles primeiros dias dos anos 70 todo mundo começou a se olhar no espelho com mais atenção antes de sair de casa.

– Será que eu estou meio Boco Moco?

E o feitiço virou contra o feiticeiro. Pegue qualquer foto dos anos 70 e veja ali estampado o mais perfeito Boco Moco. Calça boca de sino, camisa coladinha no corpo com aquela gola enorme, cabelo partido no meio, enormes costeletas. As calças eram muitas vezes listradas combinando com a camisa xadrez. Tudo em tom azul-anil, abóbora, amarelo-ouro. E o bigode? Sempre presente.

O Boco Moco morreu na televisão no dia em que o ator Roberto Marquis, uma espécie de garoto Bombril da Antarctica, apareceu nu num longa-metragem. Aquilo era incompatível com os estatutos da gafieira, a moral e os bons costumes vigentes naquela época.

O único Boco Moco que sobreviveu foi o Agostinho, o taxista da *Grande Família*.

Grande Boco Moco!
Grande Agostinho!

89

BENZADEUS!

Os primeiros presentes que ganhei foram ainda no hospital e no primeiro dia de vida. Está lá registrado no Livro do Bebê: Uma toalha de banho de sua avó Zizinha, um estojo Johnson de senhor Zico, uma lata de talco de sua tia Lilita, um sabonete de sua criada Julieta Ferreira, um capote de tricô de dona Antônia Menezes, uma blusa olímpica de dona Julia, um babador de dona Geni, um cachorrinho de borracha de sua prima Maria Helena, dois pares de sapato de Santinha, uma botinha de dona Ana e um cordão de ouro da sua tia Luizinha.

Mas foi no segundo dia de vida, no dia 4 de agosto de 1950, que ganhei o meu primeiro benzadeus:

"Julieta Ferreira e sua mãe olhavam para ele e ele deu o primeiro sorriso. E assim continua com todos que brincam com ele. É loirinho e muito alegre. Benzadeus!"

Todo mundo era muito católico e era um tal de abença pai, abença mãe, abença vó, abença vô, abença tio. Ao acordar, na hora de dormir. E ai de quem se esquecesse. O meu pai olhava feio e dava a resposta:

– Deus te abençoe, né?

O tal de benzadeus nos acompanhou por toda a vida. Quando o umbigo caía, benzadeus. Quando a febre passava, benzadeus, quando começava a andar, benzadeus. Quando raspava o pratinho, benzadeus. E assim fomos, andando com fé porque a fé não costumava falhar.

E essa fé se espalhava até mesmo pelas plantações. Não tinha quem não olhasse aquelas laranjeiras em flor na Fazenda do Sertão e exclamasse em alto e bom som:

– Benzadeus!

90

FICAMOS A VER NAVIOS

Bastou ouvirmos pela primeira vez Gal Costa cantando aquele hino composto por Jards Macalé para tomar uma decisão.

Oh, sim, eu estou tão cansado
Mas não pra dizer
Que eu não acredito mais em você
Com minhas calças vermelhas
Meu casaco de general
Cheio de anéis
Vou descendo por todas as ruas
E vou tomar aquele velho navio
Eu não preciso de muito dinheiro
Graças a Deus
E não me importa, honey

E não precisávamos mesmo, não importava mesmo. Alguns dias depois pegamos o Vera Cruz, aquele trem que ligava Minas ao Rio, ao porto, ao mar.

Descemos na Cidade Maravilhosa e fomos direto para um velho prédio da Lloyd Brasileiro, acho que numa avenida chamada Brasil.

Corria a lenda que era possível zarpar do nosso país em velhos navios rumo a outros portos. Era o que queríamos. Mar Mediterrâneo, Negro, Pacífico, não importava. A mesma lenda dizia que a viagem era de graça para quem lavasse o porão, para quem cortasse batata, para quem varresse o chão.

Percorremos corredores, entramos e saímos de salas e mais salas. E não conseguimos nada. Era lenda. Não era tão fácil assim pegar um velho navio sem muito dinheiro. Levávamos nas mochilas apenas algumas roupas, alguns livros e muitos sonhos.

A Cidade Maravilhosa de repente ficou horrorosa, cheirando a mariscos. Sentamos numa pedra na Praça 15 e ficamos observando o movimento dos barcos. Eles vinham devagar, devagar, até ancorar. Uns vinham, outros iam. Nosso sonho de fugir do Brasil foi adiado naquele dia quente de janeiro. Ficamos ali durante algumas horas até voltarmos para a Central do Brasil.

Ficamos sentindo o cheiro do mar, olhando o horizonte, enfim, ficamos a ver navios.

91

ENTROU COM PISTOLÃO

Como era mesmo o nome daquela funcionária pública gostosona que trabalhava no Imposto de Renda? Não, não era Maria Candelária. Maria Candelária era aquela da música do Blecaute:

Maria Candelária
É alta funcionária
Saltou de paraquedas
Caiu na letra O oh oh oh
Começa ao meio-dia
Coitada da Maria
Trabalha, trabalha.
Trabalha de fazer dó oh oh oh
A 1 vai ao dentista
As 2 vai ao café
As 3 vai ao modista
As 4 assina o ponto e dá no pé
Que grande vigarista que ela é

A funcionária do Imposto de Renda não era uma Maria Candelária, mas era da mesma espécie. Usava uma saia justa colada no corpo, meias finas, blusa bem decotada, deixando de fora metade do peito, que não era pequeno. Usava cabelo de salão, brinco, pulseiras, unhas sempre pintadas e lábios permanentemente de batom.

Funcionário público é classificado por letra e cada letra tem um salário. Só eram contratados com concurso público, mas parece que não era o caso da funcionária gostosona do Imposto de Renda. Maria Candelária caiu de paraquedas na letra O, mas a gostosona do Imposto de Renda era letra J e todos sabiam disso.

Ela adorava um chefe de plantão, não importava qual deles. Jurandir, Nelson, Ulisses. Pintava um novo chefe na área lá ia a funcionária gostosona se apresentar.

Saber enrolar era com ela mesma. Seu forte era colocar um papel na máquina, ajustar, tabular, teclar, fazer muito barulho e parar. Muitas vezes o papel passava a tarde ali enfiado na máquina, sinal de que ela estava trabalhando. Enquanto isso ela ia de mesa em mesa, oferecia biscoitinhos, contava as fofocas do dia, mas quando o chefe entrava na sala dele lá ia a funcionária atrás.

O seu forte também era se debruçar na mesa do chefe e soltar esta pérola:

– Chefinho, eu sou letra J, mas estou doida pra ser K!

A repartição inteira continha o riso porque ela nunca percebeu o trocadilho. Com o riso preso, não tinha um que não comentasse:

– Ela só está aí porque entrou com pistolão!

92

É MUITO BEM BOLADO

Nos primeiros dias dos anos 70 o meu pai chegou do trabalho, abriu a porta, colocou a pasta 007 em cima da mesa, afrouxou a gravata e soltou uma bomba atômica:

– Vamos mudar para Brasília!

Aquilo caiu realmente como uma bomba atômica na cabeça da minha mãe, dos cinco filhos e da empregada. Não tinha conversa, iríamos mesmo para o planalto central do Brasil, onde ele instalaria o Serviço de Meteorologia.

O que ele chamava de Brasília era um cerrado bravo, redemoinhos de poeira vermelha, tratores de terraplanagem, algumas centenas de candangos, a Ermida de Dom Bosco e o Catetinho.

Minha mãe olhou desesperada para aquela casa enorme onde morávamos, sala, copa, cozinha, despensa, três quartos, escritório, alpendre, jardim, quintal, galinheiro e pombal.

– Como vamos levar isso tudo para aquele fim de mundo?

Quando ela disse isso, o meu pai passeou os olhos pelos cômodos, pelos móveis e parou na cristaleira, uma peça colonial entupida de coisas.

Ele foi rápido no gatilho. No dia seguinte cedo ligou para a Lusitana e pediu um orçamento. Antes do meio-dia o representante da transportadora já estava lá com trenas medindo aqui e ali. Acertou o preço e combinou que dentro de um mês, data marcada da mudança, chegaria com os seus homens para começar a embalar tudo.

– Vai ser preciso uns quatro caminhões! –, disse minha mãe, desanimada em enfrentar aquela aventura naquela altura do campeonato.

E o representante disse que não, um caminhão gigante caberia tudo, o que duvidamos, mas demos uma de São Tomé. Queríamos ver pra crer.

Era um sábado quando aquela jamanta chegou. Custou a estacionar na nossa rua, mas acabou conseguindo se instalar bem em frente a nossa casa. Seis homens de macacão com os dizeres "o mundo gira, a lusitana roda" desceram daquele caminhão gigante e tocaram a campainha. Em poucos minutos se organizaram. Trouxeram caixas de papelão, cada uma para uma coisa. Começaram embalando os copos de cristal. Primeiro enrolavam um a um em jornal velho e iam colocando dentro de caixas próprias para copos de cristal.

Foram mais de oito horas de trabalho. No final do dia estava tudo dentro do caminhão. Para nossa surpresa, a casa inteira. Geladeira, fogão, máquina de lavar roupa, armários, camas desmontadas, colchões, mesa, cadeiras, sofá, poltronas, mesinha de centro, tudo muito bem embalado. Bicicleta, quadros, livros, discos, abajures, tudo.

Quando eles fecharam a porta traseira do caminhão e trancaram o cadeado, o meu pai, maravilhado com o trabalho meticuloso dos homens da Lusitana, que conseguiram embalar peça por peça daquela casa e montar um quebra-cabeça dentro daquela jamanta, disse:

– É muito bem bolado!

93

QUE VIOLÃO!

Mulher nenhuma fazia a dieta do sol, do abacaxi, da sopa, dos sete dias, do flash. Mulher nenhuma frequentava academia, carregava pesos, corria na esteira, fazia pilates.

Mas o que havia de mulher violão não era brincadeira. A primeira vez que ouvi alguém chamando uma mulher de violão foi na obra em frente a minha casa. Ao meio-dia em ponto os pedreiros iam para a calçada, sentavam-se no chão e abriam as marmitas. Geralmente era arroz, feijão, carne cozida, uma verdura e uma farofa de ovo. Ali comiam e depois do almoço vinha o cochilo. Muitas vezes o tijolo servia de travesseiro e mesmo dormindo deixavam o palito no canto da boca.

Os pedreiros só despertavam quando uma mulher violão vinha andando e um deles dava o alarme.

– Que violão!

Ela, sem graça, virava o rosto e atravessava a rua fugindo daqueles galanteios bem cafajestes. Alguns chegavam a cantar um clássico de Luiz Gonzaga:

Minha morena, chegue pra cá
Pra dançar xote, se deita em meu cangote
E pode cochilar
Tu és mulher pra homem nenhum
Botar defeito, por isso satisfeito
Com você eu vou dançar
Vem cá, cintura fina, cintura de pilão
Cintura de menina, vem cá meu coração

Mulher violão, por exemplo, era Maria Ferreira. Ela tinha os seios fartos e uma bunda enorme. E a cintura fina, de pilão, um violão! Toda mulher violão usava salto alto para salientar ainda mais suas formas perfeitas. Mulher violão não era necessariamente uma mulher magra. Só era magrinha, perfeita, na cintura. Mulher violão era mesmo a Maria Ferreira.

– Que violão!

94

SÓ PRA TIRAR UMA CASQUINHA

A conquista do espaço estava na cabeça de todos, inclusive na das crianças. As fábricas de brinquedos trabalhavam a todo o vapor para criar objetos voadores quase não identificados. O meu sonho era ter um disco-voador Space Squad X-7, que nunca tive. O meu sonho era sair voando com ele pelo espaço sideral.

Os nomes de Gagarin, Shepard, Chatalov, Armstrong, Aldrin e Collins estavam na boca do povo, eram tão conhecidos quanto Pelé, Didi, Zagalo e Nilton Santos.

O Brasil, que não perde uma piada, anunciou a estréia do filme *O Homem do Sputnik*, com Oscarito, Cyl Farney, Zezé Macedo, Neide Aparecida, Norma Bengell e Jô Soares. Todos queriam ver e foi nessa hora que criei coragem e convidei Wandinha para ir ao cinema. E ela topou ver comigo *O Homem do Sputnik*.

O encontro foi marcado. Sábado, Cine Pathé, duas e meia da tarde. Duas horas da tarde lá estava eu de pé na calçada do Cine Pathé esperando Wandinha. Já tinha comprado um tubo de chocolate Lacta e um drops Dulcora para oferecer a Wandinha. Com os dois ingressos no bolso, lá estava eu, nervoso, ansioso, corajoso.

Duas e quinze ela chegou. Wandinha estava com um vestido rodado de flores, um sapato branco, meias também brancas e uma fita no cabelo. Se já era linda de short e camiseta, descalça e meio descabelada jogando queimada na rua, imagine prontinha daquele jeito, perfumada, pronta para ver comigo *O Homem do Sputnik*...

Entregamos os ingressos e entramos. Nos instalamos na última fileira e ficamos esperando as propagandas e o *Canal 100*. As pessoas atrasadas, o lanterninha as conduzia até os lugares vagos. Eu suava as mãos quando começou aquela chanchada em que Oscarito era o Anastácio e o Jô Soares o American Spy. Tinha lido no

Diário de Minas que o filme contava a história de um homem singelo que jurava por Deus que o satélite russo Sputnik havia caído no telhado da sua casa.

Hoje, tantos anos depois, eu, brasileiro, confesso: só convidei Wandinha para ir ver *O Homem do Sputnik* para tirar uma casquinha. Que na verdade nem tirei.

95

SOSSEGA LEÃO!

A música "Camisa listrada", de Assis Valente, virou um hit nos quatro cantos do país. Em poucas semanas foi pra parada de sucessos e nunca mais saiu da cabeça do brasileiro.

Vestiu uma camisa listrada e saiu por aí
Em vez de tomar chá com torrada ele bebeu Parati
Levava um canivete no cinto e um pandeiro na mão
E sorria quando o povo dizia: "sossega leão, sossega leão!"

Vestir uma camisa listrada e sair por aí virou moda. Como virou moda o tal chá com torrada e a pinga Parati. Mas o que caiu na boca do povo foi o tal de sossega leão.

Minha mãe ainda morava no bairro de Santa Tereza, em Belo Horizonte, quando um galã descobriu o seu telefone e começou a passar trotes diariamente. Ora ligava de manhã, ora de tarde, ora tarde da noite.

Ela desconfiava de um juiz de futebol que sabia ser apaixonado por ela. Mas isso nunca foi provado.

– Sabe quem está falando?

Era com essa pergunta que ele começava um papo torto que demorava alguns minutos.

– Me diga quem está falando que podemos continuar a conversa.

Minha mãe, moça séria, não queria papo com desconhecidos nem mesmo quando ainda era jovem, solteira, desimpedida.

– Ah, advinha quem está falando...

Ele não revelava e ela ia ficando furiosa. De repente, antes de bater o telefone na sua cara, ela dizia simplesmente:

– Sossega leão!

Foi a maneira de dar um chega pra lá naquele galã de voz de veludo, mas sem nome, sem rosto, sem nada.

96

ALGUÉM ANOTOU A CHAPA?

Era um domingo, desses domingos meio preguiçosos, em que as pessoas acordam mais tarde aproveitando a folga e o frio que fazia em Belo Horizonte. Um Ford Landau desceu a BR-3 a 200 quilômetros por hora, derrapando na altura da rua

Buenos Aires e derrubando uma árvore bem na esquina da rua Rio Verde. Era um chorão bonito, plantado ali fazia mais de 20 anos. Perda total. A árvore partiu em duas e ainda por cima foi arrancada do chão. Até a raiz ficou exposta. E não foi só isso.

Antes de bater na árvore ele atropelou Tupi, nosso cachorro vira-lata tão querido. O barulho da pancada acordou os moradores da rua Rio Verde. Em poucos minutos todos estavam ao redor daquela árvore torcida, caída, morta. E o nosso cachorro ali na calçada, sangrando, ainda respirando, não estava morto.

Primeiro socorreram o bicho. Embrulharam Tupi num lençol branco que Blandina trouxe e correram com ele para a casa de um veterinário que morava no bairro do Sion, vizinho ao bairro do Carmo. Sorte que ele estava lá aguando as plantas do jardim e atendeu Tupi dentro daquele lençol ensopado de sangue. Tarde demais. Quando ele abriu o lençol o bicho estava com os olhos arregalados, mas não respirava mais. Foi uma choradeira que só.

Outros moradores enquanto isso tentavam socorrer o chorão que já tinha suas folhas meio murchas, sinal de morte evidente. Acabaram de tirar o tronco da terra e rapidamente cavaram um buraco enorme com uma enxada grande que seu Eloi trouxe. Todos ajudaram a empurrar aquela árvore já mole para dentro do buraco, e quando ela bateu lá no fundo parecia estar sendo enterrada para sempre. Dona Geni trouxe um balde d'água, que foi jogado por cima dela, tentando dar uma sobrevida àquele chorão plantado ali há tantos anos.

Agora restava enterrar Tupi e esperar alguns dias para ver se as folhas verdes e murchas começariam a se erguer de novo. Naquele clima, alguém lembrou e perguntou em voz alta, olhando no rosto de cada um:

– Alguém anotou a chapa?

97

FIQUEI GAMADA!

Minha mãe entrou na Bemoreira e de mãos dadas com o meu pai foi até o fundo da loja, onde estava o Valdir, vendedor amigo do meu pai.

– Mostra pra ela, Valdir!

Valdir foi caminhando lentamente, passou por uma meia dúzia de fogões, algumas geladeiras coloridas, aspiradores de pó e enceradeiras. E apontou:

– Esta!

Valdir apontou para uma máquina de lavar roupas Bendix Gyramatic Custom maravilhosa. Valdir sabia a propaganda de cor e salteado:

– Lava por ação de mergulho. Possui eficiente racionador de água, o que a torna mais econômica. Ela realiza dois enxaguamentos em água corrente e dois por imersão. Tem suspensão hidráulica exclusiva e trabalha silenciosamente.

O meu pai ainda brincou:

– É igual o governo de Minas, trabalha em silêncio. E completou baixinho porque ninguém podia falar essas coisas naquele tempo:

– ...Porque ladrão não faz barulho.

Os olhos da minha mãe brilharam diante daquela maravilha da tecnologia. Cuidadosamente abriu a tampa, girou o cilindro, olhou minuciosamente os botões e perguntou o preço.

– Não interessa o preço. Você gostou?

Minha mãe ainda perguntou se ela vinha com os pés de porcelana e aquela capa plástica. Valdir disse que não, mas a Bemoreira daria os pés de porcelana e a capa plástica de brinde para ela. O meu pai repetiu a pergunta, se ela tinha gostado, e ela disse simplesmente:

– Fiquei gamada!

98

ELE TEM PÉ CHATO

Quando eu tinha 7 anos de idade não havia Wikipédia. Se houvesse eu teria corrido lá para saber o que eu tinha realmente. Numa consulta com o doutor Navantino, ele virou para minha mãe e deu um diagnóstico final:

– Ele tem pé chato!

Aquilo na verdade não era nada, mas causou uma certa agitação na família. Minha mãe quis logo saber se tinha cura, se tinha algum remédio na medicina que curasse o meu pé chato.

Ela foi dramática, achou que eu mancaria pro resto da vida, que teria dificuldade para calçar os sapatos, colocar as meias, brincar de amarelinha, pular corda, brincar de pique, jogar futebol.

O meu pai, mais otimista, logo foi dizendo:

– Tem um lado bom. Ele não vai servir o Exército. Quem tem pé chato não faz o serviço militar.

Minha mãe não se conformou. No dia seguinte lá estava ela numa loja especializada, que ficava na avenida do Contorno, comprando uma palmilha para que eu colocasse dentro do sapato, quem sabe para o resto da minha vida.

Era uma palmilha de ferro, com uma curvatura muito acentuada, própria para quem tinha pé chato. Ali mesmo o vendedor já enfiou aquela coisa no meu sapato e eu saí meio cambaleando, estranhando aquele volume dentro do meu Vulcabrás.

Se tivesse Wikipédia, minha mãe talvez ficasse mais tranquila. Ela iria ler lá:

"Pé chato é a designação comum a um tipo de formato dos ossos dos pés que faz com que quase toda a sola deles entre em contato com o chão ao caminhar. Essa morfologia leva ao aparecimento de dores nos pés após longas caminhadas, e por isso seus portadores eram geralmente rejeitados no serviço militar da maioria dos países, pois estariam impedidos de marchar longas distâncias.

Na verdade, o arco plantar, cujo vértice é formado pela obliquidade do maior osso do pé (o calcâneo), é indispensável para absorver as vibrações verticais, que resultam do apoio do pé no solo, quer na simples marcha, como na corrida ou no salto.

O afrouxamento ou o encurtamento ligamentar, ou da fáscia plantar, alteram a curvatura fisiológica, resultando em prejuízo na funcionalidade que acima se descreve. Essa sobrecarga numa área tão reduzida, além de produzir calosidades, impõe uma marcha rígida e por vezes saltitante, com perda de equilíbrio e lesões nas áreas de impacto.

O exagero dessa curvatura, em completa oposição ao pé chato (plano), traduz-se por uma incidência do peso do indivíduo, em apenas dois pontos: calcâneo e cabeça dos metatarsos, designando-se por 'pé cavo'.

Existindo soluções cirúrgicas, para os casos mais graves, os mais benignos são resolvidos normalmente com o recurso a palmilhas corretoras".

Mas como não tinha Wikipédia minha mãe passou a vida inteira preocupada e me olhando com um ar desconfiado. E ao me ver pisar com o pé torto fazia questão de anunciar pra todo mundo:

– Ele tem pé chato!

99

ME PASSA O AÇÚCAR

Nos aniversários, mergulhávamos de cabeça nos brigadeiros, cajuzinhos, olhos-de-sogra e nas balinhas de coco. No parque de diversões, delirávamos com o algodão-doce, talvez o único alimento do mundo que só leva um ingrediente: açúcar!

Por falar em açúcar, o que eu e o meu irmão mais gostávamos de comer era o que chamávamos de "aveia com açúcar". A receita era simples. Metade de um copo de aveia, metade de açúcar. Durante muitos anos nos alimentamos de açúcar com aveia nas tardes de televisão.

O mundo era outro. Tomávamos Toddy com açúcar, comíamos ovos nevados de sobremesa, adorávamos o sonho da Confeitaria Bosch, aquele que vem coberto de açúcar por cima, deixando a gente com um bigode branco na primeira mordida. Pudim de leite, banana frita com açúcar e canela e, nas noites de frio, leite com açúcar queimado. Até minha irmã mais nova, com os seus 4 anos, sabia fazer. Cinco colheres de açúcar numa panela, ligava o fogo e, quando ele estava derretido, cor de rapadura, jogávamos o leite por cima. Que delícia!

Às vezes sonho com as mulheres de Botero saindo das telas para entrar na história. Uma doce história, cheia de rocamboles, goiabadas, pêssegos em calda, marmeladas, pirulitos, doces de leite, cocadas. Bananas split e línguas-de-gato da Kopenhagen.

Uma história que traga de volta o botequim da esquina com aquele balcão com um baleiro enorme, que a gente girava e ficava indecisa, sem saber que bala escolher.

Queria de volta o mesmo botequim onde de manhã cedo os trabalhadores pediam uma média com pão e manteiga e, quando o garçom trazia aquela xícara fumegando, diziam:

– Me passa o açúcar!

100

VOU PASSAR A LIMPO

Passei a vida inteira passando minha vida a limpo. Desde os primeiros anos do curso primário, quando dona Maria Augusta Toscano escrevia as lições no quadro-negro. Eu copiava tudo rapidamente nos cadernos e quando chegava em casa começava a passar a limpo, lição por lição.

O meu caderno nobre era irreparável. Os títulos eram escritos com lápis de cor azul, vermelho, verde e grifados de outra cor, rosa, roxo, laranja.

Passava a limpo os ditados, os exercícios de aritmética, as lições de História, os mapas de Geografia. Os mapas, primeiro eu fazia um rascunho na folha de seda e depois passava a limpo no caderno cartográfico. Ficava uma beleza.

Passava a limpo o caderno de desenho, os losangos, os círculos, os quadrados e os retângulos. Passava a limpo o caderno de canto orfeônico, de Inglês.

– *The book is on the table.*

Depois veio a máquina de escrever e todos os contos, as poesias, os diários, tudo era passado a limpo. Era incapaz de escrever alguma coisa em definitivo. Sabia que depois tudo seria passado a limpo. E o sofrimento com a Remington foi muito grande. Às vezes estava na última linha e errava alguma coisa. Uma letra trocada, uma tabulação não feita, um acento a mais. O papel saía da máquina, era embolado e jogado no lixo. E começava tudo de novo.

Depois veio o computador e as coisas melhoraram um pouco. O delete foi a maior invenção do mundo. Poder ir e voltar no texto, acrescentar, eliminar, melhorar, sem precisar embolar e jogar no lixo. Agora que terminei este livro, vou reler página por página, frase por frase, palavra por palavra e vou imprimir, o que pra mim tem apenas um significado.

– Vou passar a limpo!

NINGUÉM É DE FERRO!

O livro acabou e é claro que coisas ficaram de fora. O quê? Isso é café pequeno, chega de lero-lero, está chovendo na roseira, pôr a viola no saco, quero ver a onça beber água, agarrar a porca pelo rabo, ela é mesmo barra-limpa, uma brasa mora, papo firme, sirigaita, ela é da pá-virada, ela é normalista, tinindo, tinindo de rosca, *goal keaper*, *center alf*, camisinha-de-vênus, chato de galocha, levou uma sova, passar em brancas nuvens, balaio de gato, zona do meretrício, qual é o pó? É melhor ir parando por aqui porque tem algo no ar além dos aviões de carreira e esse admirável mundo velho já é uma página virada. Duvideodó!

EDITORA GLOBO

Preparação e revisão: Márcia Melo
Capa e projeto gráfico: epizzo
Ilustrações: Marina Mayumi Watanabe
Foto do autor: Maria Clara Villas

Texto fixado conforme as regras do novo Acordo Ortográfico da Língua Portuguesa (Decreto Legislativo nº 54, de 1995)

1ª edição, 2009

Editora Globo S.A.
Av. Jaguaré, 1485
São Paulo, SP, Brasil
CEP 05346-902
www.globolivros.com.br

CIP-BRASIL. CATALOGAÇÃO-NA-FONTE
SINDICATO NACIONAL DOS EDITORES DE LIVROS, RJ

V776a

Villas, Alberto
Admirável mundo velho! / Alberto Villas. - São Paulo : Globo, 2009.
il.

ISBN 978-85-250-4645-1

1. Crônica brasileira. 2. Cultura popular - Brasil.
3. Brasil - Usos e costumes. I. Título.

09-0655. CDD: 869.98
CDU: 821.134.3(81)-8

11.02.09 16.02.09 011030